커피 기행

국립중앙도서관 출판시도서목록(CIP)

커피 기행:사막과 홍해를 건너 에티오피아에서 터키까지
/ 박종만 지음. — 파주 : 효형출판, 2007
    p. ;   cm

ISBN 978-89-5872-052-2 03810 : ₩13000

980.2-KDC4
910.4-DDC21
                              CIP2007003314

사막과 홍해를 건너
에티오피아에서 터키까지

커피기행

박종만 지음

효형출판

커피 로드의 경로

1. 케냐

나이로비_동아프리카의 관문인 이곳에서 커피탐험이 시작된다. 영화 〈아웃 오브 아프리카〉의 배경인 카렌 블릭센 박물관이 근처에 있다. **티카**_나이로비에서 북동쪽으로 38킬로미터 떨어진 도시. 케냐 커피의 우수성을 보여주는 티카 커피농장이 있다.

2. 탄자니아

아루샤_메루 산 기슭, 해발 1300미터에 있는 도시. 세렝게티 국립공원과 응고롱고 분화구가 근처에 있다. 아루샤 커피 로지와 셰이드 그로운 농장을 방문한다. **모시**_킬리만자로 입구에 위치한 고산 도시로 탄자니아 커피의 주생산지다. 커피가 모여드는 모시 협동조합 그리고 탄자니아 커피위원회가 있다.

3. 에티오피아

아디스아바바_에티오피아의 수도이며 바리스타 경연대회가 열린다. 칼디 커피점, 바가러시 커피 공장, '메르카토' 재래시장을 찾는다. **짐마**_최초로 야생커피를 발견했다는 '칼디의 전설'이 숨 쉬는 곳. '커피'라는 이름이 유래된 이곳에서 짐마대학, 조제 마을, 보레 분나를 둘러본다. **하라르**_랭보가 상아와 커피를 예멘으로 수출한 곳. 그 흔적이 '랭보하우스'에 남아있다. **디레다와**_70년 역사의 옥사데이 커피회사가 있다. 에티오피아 커피는 아디스아바바와 이곳을 거쳐 지부티 항으로 간다.

4. 지부티

지부티_에티오피아 커피가 모여 홍해를 건너 모카 항으로 옮겨진다.

5. 예멘

모카_17세기 이전까지 유럽의 모든 커피는 이 항구에서 수출되었다. **타이즈**_커피생산의 중심지로 한때 모카 항을 통한 무역으로 번영을 누렸다. **아덴**_향신료 중개무역으로 유명하며, 커피가 전 세계로 퍼지는 데 크게 이바지했다.

6. 터키

이스탄불_오스만제국의 수도였으며 동서 문명이 만나는 국제도시다. 최초의 커피점이 생겼고 커피가 음료에서 문화로 발전하는 중심지가 되었다.

차례

커피 로드에서 만난 '리얼 커피' 이야기

커피를 생업으로 삼으면서 중남미와 남아시아의 여러 커피산지, 커피문화가 발달한 유럽·미국·일본의 여러 도시를 찾아다녔다. 하지만 이곳저곳을 떠돌면서도 늘 '커피의 고향' 아프리카에 대한 그리움은 남아있었다. 인생에서 커피가 가장 큰 부분을 차지해버린 사람의 '귀소 본능' 이라 하면, 조금은 쑥스러운 표현이 될지 모른다. 커피 한 잔이 오기까지 어떠한 손들을 거치는지, '커피'를 둘러싼 문화와 역사는 어떤 모습인지 우리는 얼마나 알고 있을까? 부끄러운 자성은 오래도록 머릿속을 떠돌았고, 마침내 일상에서 '테이크아웃' 해 아프리카로 향하게 만들었다.

케냐, 탄자니아, 에티오피아, 지부티와 예멘, 터키에 이르는 여정은 아프리카에서 시작한 커피가 전 세계로 퍼지는 발자취를 담고 있다. 이 길을 '커피 로드Coffee Road'라고 이름 붙일 수 있으리라. 커피 수출이 국가 수입의 대부분을 차지하는 아프리카에서는 많은 사람이 커피와 더불어 살아가고 있었다. 커피나무를 재배하는 커피농장, 가공·처리 과정을 담당하는 밀Mill과 공장, 수출을 담당하는 기업 그리고 제도적 지원을 하는 정부까지 다양했다.

하지만 커피 로드에서도 삶의 명암은 분명했다. 케냐, 에티오피아, 탄자니아 등지에서 '커피'는 경제 성장의 활로를 모색하는 중요한 기반이었지만, 이를 생계수단으로 삼는 이들은 여전히 녹록치 않은 삶을 견디고 있었다. 여기다 마약의 한 종류인 카트Khat가 유행하면서 많은 농민은 커피밭을 뒤엎고 있었다. 커피체리를 수확해 직접 가루를 내어 소중한 손님에게 대접하던 에티오피아의 '커피 세레모니' 같은 전통문화 역시 테이크아웃 전문점의 무서운 기세에 밀려 점점 사라지고 있었다. 커피 로드의 커피는 단순히 마시고 즐기는 음료가 아니었다. 그것은 생존을 위한 귀한 식량인 동시에 신을 경배하는 신성한 예물이었으며, 비통에 잠긴 이웃을 위로하는 친구이자, 아픈 육체를 치유하는 따뜻한 손이었다. 아프리카 커피 로드에서 비로소 '진짜 커피'를 만난 것이다.

여정을 글로 옮기는 일은 생각처럼 쉽지 않았다. 비유컨대 행장을 꾸리고 다시 아프리카를 돌아다니는 심정이었다. 여행하는 내내 개인적인 감상에 치우치지 않고 대상을 있는 그대로 받아들이려 애썼다. 이미 존재하는 길을 달리며 '감탄'하기 위한 여행이 아닌, 이정표 없이 사라진 길을 '발견'하기 위한 탐험이었으므로. 이 책은 아프리카 여행기가 아니라, 커피 전문가의 눈으로 본 '커피역사 순례기'다. 그래서 커피에 관한 그릇된 상식을 바로잡는 데 상당 부분을 할애했다.

여행하는 동안 에티오피아에 머물며 커피나무를 키우고 싶다는 생각을 했다. 커피의 탄생지인 짐마의 작열하는 태양, 붉디붉은 흙은 커피 불모지에서 온 이방인의 마음을 사로잡았다. 하지만 그것은 필자의 몫은 아닌 듯하다. 다만 커피 로드의 여정이 담긴 책을 펴내며, 이 '진짜 커피' 이야기에 공감하는 누군가의 편지를 받아보고 싶다는 바람은 여전하다. '커피'와 함께한 삶의 긴 여행도 이제 스무 해를 넘겼다. "커피 숟가락으로 내 인생을 헤아려왔다."고 소회한 T. S. 엘리엇의 말을 빌려와도 될 만큼이다. 하지만 아직도 커피에 대해 알고 싶은 것이 너무 많다. 지금 지도를 들여다보며 또 다른 커피 로드를 그려보는 까닭은 바로 이 때문이다.

2007년 늦가을 북한강에서
박종만

PROLOGUE 프롤로그

어느덧 가장 사랑받는 음료가 된 커피는 1200년이라는 역사를 함께한 인류의 영원한 친구다. 하지만 정작 커피의 역사적·문화적 맥락은 알지 못한다. 2007년 2월, 커피의 본고장을 찾아 그 역사를 확인하려는 탐험대가 꾸려졌다.

우리나라 토양에서 커피를 재배하기 위해 온갖 열정을 바쳐온 박종만 커피박물관 관장, 사람 좋기로 소문난 박의찬 다큐멘터리 피디, 수백 대 일의 경쟁을 뚫고 당당히 탐험대원이 된 김의진과 김상범. 관광 여행상품에서는 절대로 찾아볼 수 없는, 오직 '커피'만을 위한 여정을 꾸려 그들은 검은아프리카로 떠났다.

칼디를 만나러 떠나는 길

커피가 탄생하기까지

8세기 에티오피아의 카파(Kaffa, 지금의 짐마Jimma시), 그곳의 험준한 산악
지대에서 양을 몰던 소년 칼디Kaldi는 이름 모를 나무의 열매를 먹고 흥
분해서 뛰노는 양을 보며 의문에 빠졌다. 무엇이 양들을 저토록 신이 나
게 만들었을까? 칼디는 직접 그 열매를 따서 조심스럽게 입 안에 넣었다.
쌉싸래한 맛을 혀끝까지 몰고 들어온 그 열매는 곧 칼디의 심장을 뛰게
만들었다. 열매 몇 알을 주머니에 넣고 집으로 부리나케 돌아온 칼디는
마을의 수도승에게 이 놀라운 사실을 알렸다. 밤마다 고된 고행으로 졸
음과 싸우던 수도승에게 이것은 구원의 열매였다. 칼디가 발견한 이 '하
늘의 선물'이 바로 커피다.

　커피의 탄생지를 찾아 떠나는 여행에 앞서 붉은 열매를 처음 발견한
그 에티오피아 소년의 모습을 떠올린다. 하늘이 선사한 이 열매는 양과
어린 소년 그리고 짐짓 위엄을 세운 수도승까지 행복하게 만들었다. 신
이 기쁨의 열매를 주셨다! 남녀노소, 직업의 귀천을 떠나 열매가 몰고 온
생의 활기를 만끽하는 그 풍경이야말로 내가 커피와 이십 년을 함께한
이유이기도 했다.

커피가 처음 발견된 곳은 상상 속의 그 험준한 산악지대일까? 커피를 세상으로 인도한 그 길에는 어떤 풍경이 자리하고 있을까? 누구도 관심 두지 않지만, 오랫동안 꿈꾸어온 그 길을 떠난다. 어색하기 짝이 없는 번역서들을 통해 익히 보아왔던 그 먼 커피의 기원을 찾아 홀연히 떠나는 것이다.

하지만 어쩌면 소년 칼디의 이 전설은 커피가 전 세계로 퍼져나가는 배경에 자리한 착취와 눈물의 기억을 덮는, 지극히 낭만적인 전설일런지도 모른다. 하지만 커피가 가져온 환희를 기억하는 것도, 그 속에 깃든 비극을 확인하는 것도 커피와 일생을 함께하리라 결심한 내게는 반드시 거쳐가야 할 관문이었다. 테이크아웃 커피점이 한 골목 걸러 눈에 띄고, 커피 이야기를 담은 드라마가 인기 몰이를 하는, 개인당 하루 두 잔 넘는 커피를 소비하는 지금이야말로, 어쩌면 눈물과 환희를 동시에 담고 있는 커피의 양면을 직접 확인하기에 더없이 좋은 때일지도 모른다.

인류가 커피를 최초로 발견한 뒤 약 1200년간 커피는 인류 역사의 중요한 순간과 함께했다. 에티오피아의 산악지대에서 종교의식에 쓰이기 시작해, 홍해를 건너 아라비아로 알려졌고 오랜 세월 동안 '아라비아의 와인'이라 불렸다. 이슬람 문화권에 속해있던 커피는 유럽으로 전해져 유럽의 화려한 카페 문화를 열었다. 역사의 흐름과 함께 유럽 제국주의 기초의 한가운데서 흑인 노예를 혹사시키며 대량생산으로 이어졌으나, 현대에 들어서는 오히려 커피가 아프리카와 중남미 국가의 주요 수출품이 되었다.

종종 시민단체에서는 '커피 안 마시기 운동'을 열심히 펼친다. 커피 소비의 이면에 웅크린 거대 자본의 횡포를 탓하는 일이야 이해 못할 바

한눈에 보는 커피의 역사

인류가 최초로 발견한 이후 약 1500년간 커피는 중요한 역사적 순간들을 함께 했다. 에티오피아에서 시작해 홍해를 건너 아라비아 세계로 알려졌고 오랜 세월 동안 '아라비아의 와인'이라 불렸다. 그 뒤 유럽으로 전해진 커피는 제국주의 시대에는 노예제도를 통해 대량생산되었다. 하지만 이제 아프리카와 중남미 국가들은 커피산업을 발판으로 경제 성장을 꾀하고 있다.

8세기
에티오피아 산악지대
짐마에서 자생.

11세기
홍해를 건너 아라비아 반도의
알무카Al-Muka와 아덴Aden 항
입성.

15세기
아라비아 메카Mecca를 통해
인도, 이집트, 시리아로 전파.

16세기
콘스탄티노플(Constantinople,
그 당시 '이스탄불'로 개칭되었으나,
과거 명칭이 널리 사용됨)로 전파.

17세기
터키에서 동·서 유럽으로 전파.
현재 이탈리아의 베니스, 오스트리아의 빈.

18세기
신대륙 발견에 따른 커피 전파.
*가브리엘 매튜 드 클레오
Gabriel Mathieu De Clieu에 의해
1723년 마티니크Martinique 항 입성.

19세기
유럽 열강들이 아메리카 및 아프리카 식민지에 흑인노예를 동원하여
대규모 커피재배.

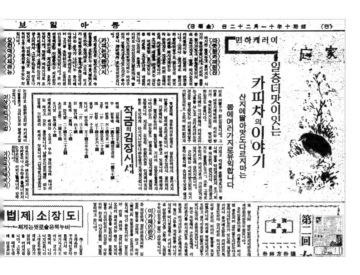

19세기 국내에 들어온 커피는 단순히 외래의 기호식품이 아니라, 우리 역사를 함께한 중요한 문화가 되었다. 1935년 11월 22일 〈동아일보〉에 실린 커피 관련 기사.

아니나, 그렇다고 이제 하나의 생활 문화가 된 커피를 적대시하는 데는 찬성할 수 없다. '훌륭한 전통차가 있음에도 굳이 비싼 달러 써가며 인체에 백해무익한 수입품 커피를 마실 필요가 있느냐.'는 다분히 국수적 발상은 더더욱 그러하다.

우리 고유문화라는 전통차도 원류를 따져보면 우리 것만은 아니다. 녹차의 원류는 양쯔揚子 강, 메콩 강이며, 과실차를 만드는 사과의 원산지는 중앙아시아의 고원지대다. 대추차 역시 대추의 원산지는 중국이다. 하지만 오랜 역사의 흐름은 그것을 우리 전통 속에 녹아들게 했다.

지금까지 우리나라 커피 역사는 1895년 고종황제가 아관파천 때 러시아 공사관에서 처음 대접받으면서 시작되었다고 알려져있으나, 서양 선교사들의 기록에 따르면 다르다. 미세스 언더우드L. H. Underwood는 1889년 3월 신혼여행 중에 쓴 일기에서 "관북지방의 위원에서 현감과 지역민들에게 대접한 저녁에서…… 색다른 커피를 소개했다. 우리는 설탕이 떨어졌다고 속삭이지 않고 커피에 벌꿀로 향기를 돋우었던 것이다."

1960년대 우리나라에는 소극장을 겸한 카페가 많았다. 위는 충무로에 있었던 '카페 떼아뜨르'.
아래 사진에서는 처음 커피를 판매한 장소로 추정되는 대불호텔이 보인다(왼쪽 윗부분의 서양식 건물)

라고 말했다.

커피가 일반인에게 공개되어 판매되기 시작한 것은 고종황제의 총애를 받던 초대 러시아공사 웨베르 Karl I. Waeber의 처남의 처형인 독일 여인 손탁Sontag이 운영하던 손탁호텔(1902년)을 그 시초로 한다. 하지만 선교사 아펜젤러Heny G. Appenzeller 목사의 선교단 보고서 기록을 보면, 개항지 인천에 1888년 세워졌던 대불호텔에서 커피를 팔고 있었음을 알 수 있다. 그 뒤 1920년에는 최초의 다방인 이견異見이 탄생했고, 그 뒤 1930년대에는 종로와 명동 일대 예술가를 중심으로 다방이 성행했다. 그리고 1980년대 들어서 서울올림픽을 기점으로 원두커피의 보급이 확산되었다.

에티오피아에서 시작된 커피는 현재 남미의 브라질과 콜롬비아가 커피 생산량의 1, 2위를 차지하고 있다. 세계 최대의 커피 소비국 미국도 커피가 생산되는 곳은 하와이주 한 곳밖에 없다. 일본의 경우 1991년 한 퇴임 공무원의 끈질긴 노력으로 재배에 성공하기 전까지만 해도, 100퍼센트 수입국이었다. 미국이나 일본과 비교해보면 우리나라는 여러 재배 조건에서 특별히 뒤처지지 않는다. 같은 수입국임에도 우리나라 시장에는 미국, 일본산 커피상품이 버젓이 진열되어 팔린다. '커피 문화'에 대해 새로운 의견을 제시하기 위해서는 어쩌면 이런 부분을 더 지적해야 하지 않을까?

커피 로드로 떠나다

이번 아프리카 여행에서 내가 찾아오고 싶은 것은, 삶에 대한 열정이다. 20여 년 전 인테리어 사업을 하던 중 출장차 간 일본에서 나는 '왈츠'라는 커피회사를 방문한 뒤 모든 걸 포기하고 커피에 매달렸다. 인터넷이 없던 시절, 사소한 정보에도 목말라 작은 책상 앞에서 큰 덩치를 쭈그리며 밤을 꼬박 새우고는 스스로 대견해하던 시절이었다. 뒤늦게 커피 재배를 배운 것도 그러한 열정으로 가능했다.

혹시 나 같은 사람이 있지 않을까? 인터넷 포털사이트에 탐험대원 지원자 모집공고를 냈다. 애당초 넉넉하지 않은 살림살이였지만 여행경비 전액을 커피박물관에서 지원하겠다는 마음을 이미 굳혔다. 커피업계에 종사하는 이들을 포함한 많은 젊은이가 도전장을 내밀었다. 지방대학의 은퇴한 노교수도 지원서를 냈다. 사진과 문학 두 분야로 나누고, 제출서류도 많아 준비하기 까다로웠을 텐데도 모두 수고를 아끼지 않았다.

박물관 개관 때 촬영 온 인연으로 여정에 참여하게 된 박익찬 피디가 있었으므로, 선정 인원은 단 2명이었다. 커피를 사랑하는 마음은 그 시간이 오래됐다 하여 깊고, 이제 막 시작했다 하여 얕다 할 수 없을 것이다. 커피의 원류를 찾아 떠나는 아프리카 여행에 부푼 많은 사람들을, 우리가 미리 정해놓은 척도로 가늠하는 것은 두고두고 불편했다.

온실의 커피나무에 맺힌 커피체리들.

　지원자들이 낸 포트폴리오를 보니, 의외로 인터넷 이곳저곳을 떠도는 얕은 지식에 기대는 젊은 친구도 많았다. 또 언제부터인가 에스프레소가 대세인 듯하다. 다른 추출 방식에 대한 홀대가 눈에 띄었다.

　커피 맛은 커피 추출 방식에 따라 달라지는데, 그것은 또 문화적 배경과 깊은 연관이 있다. 에티오피아 커피처럼 뜨거운 물에 넣어 끓이는 원시적인 방법, 약재나 생강, 집에서 키우는 가축의 젖 등을 넣어서 마시는 터키식 드립drip 방식, 종이 필터 방식. 에스프레소 추출 방식, 사이폰Siphon 방식(알코올램프를 이용해서 추출하는 방식) 등 다양하다. 이 중 사이폰 방식은 번거롭고 기구가 잘 깨지며 시간이 많이 걸리기 때문에 점점 사라져간다.

커피박물관 옥상에서 재배하는 여러 커피종자. 흙과 온도 그리고 일조량을 제대로 맞추지 않으면, 좋은 수확을 기대할 수 없다. 지금은 온실에서 키우고 있지만, 언젠가 우리 땅에 뿌리 내릴 수 있기를.

다양한 커피 추출 방식

Coarse
굵은 분쇄

Medium
중간 분쇄

Fine
가는 분쇄

Extra Fine
매우 가는 분쇄

여과천 드립퍼

종이필터 드립퍼

에스프레소 포트

퍼콜레이터

커피메이커

사이폰

이브리크

커피 추출 방식에는 인류의 다양한 생활상이 깃들어있다. 원두를 분쇄하는 정도에 따라 여러 기구들이 이용되는데, 요즘은 에스프레소 추출 방식이 대부분을 차지한다. 이브리크Ibriq는 터키에서 커피를 만들 때 사용하는 기구로, 깔대기 모양의 구리 주전자다.

하지만 일본에는 다양한 추출 방식이 전해져 내려오고 있어서, 모카포트, 사이폰만 하는 집도 많다. 하지만 우리는 스타벅스가 들어오면서 초록색 간판, 테이크아웃이 맛의 전부인 듯 아는, '반의 반쪽 커피'만 아는 나라가 되어버렸다. 전통적 방식을 홀대하게 된 것이다. 너무 한쪽으로 치우치는 것은 아닐까? 문화의 다양성은 도대체 무얼 말하는 것일까?

지원자들의 포트폴리오에는 라떼아트 사진이 마치 복사한 듯 똑같은 모습으로 놓여있었다. 그런데 그중에 2명이 눈에 띄었다. 김상범과 김의진이었다. 의진이는 글솜씨가 뛰어났고, 상범이는 커피에 대해 알고 싶은 의지가 대단했다. 그뿐 아니라 박 피디가 주장했듯 다큐멘터리로 촬영했을 때, 충분히 호감 가는 얼굴이었다. 잘생기고 예쁘다는 말보다는, 젊음 그 자체로 충분히 밝고 자신감에 찬 얼굴이었다는 뜻이다.

상범이는 유엔UN에서 일하고 싶은 꿈이 있었고, 의진이 역시 장래계획을 방송국 프로듀서로 잡고 있었으니, 이번 여행은 삶에도 큰 도움이 되리라. 탐험이 끝난 후 이들이 커피를 바라보는 시각은 어떻게 달라져 있을까? 이들이 보고 느낀 것을 얼마나 많은 사람에게 제대로 전할 수 있을까 기대가 컸다.

출정식이 있었던 금요일 저녁, 가을부터 준비한 여정은 어느새 초봄을 맞고 있었다. 사자밥이 될지도 모른다는 생각, 출발 몇 주 전부터 온통 세상을 떠들썩하게 하던 에티오피아와 소말리아의 전투 소식은 마음을 무겁게 했다. 출발 전에 일행들의 부모님과 통화하며, 대장으로서의 부담감도 커졌다. 하지만 먼 길 마다않고 커피박물관이 있는 삼봉리 골짜기까지 찾아와 격려해준 사람들과 이야기를 나누는 사이, 두려움은 다시 기대로 부풀었다.

2007년 2월 8일 아침, 드디어 인천공항에 도착했다. 협찬받은 배낭으로 중무장하고 먼저 도착한 박 피디가 천연덕스럽게 반긴다. 오지로 간다는 부담감은 대수롭지 않은 듯 언제라도 카메라와 배낭만 손에 쥐면 떠날 태세다. 그의 해맑은 미소를 보면 행복해지지 않을 수 없다. 이번 탐험에서 그의 화내는 모습을 볼 수 있을까? 상범, 의진이도 모두 제시간에 도착했다. 기념촬영을 하고는 서두른다. 아프리카로 가는 길은 생각보다 멀다. 차분해진다. 곧 펼쳐질 아프리카 대륙의 열기가 벌써부터 느껴진다.

경기도 남양주시에 자리한 우리나라
최초의 커피박물관.

KENYA 케냐

탐험대가 첫발을 디딘 케냐는 뜨거운 태양, 붉디붉은 충적토, 풍부한 강수량으로 맛과
향이 뛰어난 원두가 재배되는 나라다. 농민들이 소규모로 커피를 키우는 데서 더 나아
가, 정부가 적극적으로 뛰어들어 국책산업으로 키운 덕분에, 케냐는 어느덧 아프리카
최고의 커피 생산국으로 성장했다. 케냐 커피의 현주소를 찾아볼 수 있는 '티카 커피농
장', 〈아웃 오브 아프리카〉의 원작자 카렌 블릭센을 만나볼 수 있는 '카렌 블릭센 박물
관'은 커피를 '검은 황금'으로 변모시킨 케냐 사람들의 역사를 확인할 수 있는 곳이다.

🐝 신이 선택한 커피의 나라

케냐의 첫날

아프리카 검은대륙의 광활한 초원이 눈앞에 펼쳐진다. 오랜 꿈으로 가슴 속에 묻어두고만 있었던 이번 탐험의 첫 도착지는 케냐다. 본격적인 역사탐험에 앞서 비교적 여행객들이 많다는 케냐를 택해 시차, 기후 차, 음식 등 현지에 차차 적응해갈 생각이다. 오래전부터 케냐를 동경해왔다. 넓은 초원, 작열하는 태양, 그곳은 질 좋은 커피가 날 수밖에 없는 신이 선택한 공간이다.

로스팅한 커피도 배낭에 넣어왔다. 케냐 사람들이 열심히 재배한 커피가 이역만리에서 소중하게 쓰이고 있다는 사실을 알려주고 싶은 마음에서다. 의진이는 풍선을, 상범이는 복주머니를 각각 준비했다. 새로운 사람들과의 만남 앞에서 설레지 않은 사람은 없다. 하지만 이제 첫 걸음을 떼었을 뿐인 이곳에서 벌써 걱정이 밀려든다. 아프리카와 커피, 두 가지에 익숙하지 않은 다른 대원들이 이 여정의 참맛을 느낄 수 있을까?

동아프리카 관문답게 나이로비Nairobi 시내는 복잡하다. 자동차의 심한 매연이 턱턱 호흡을 가로막는다. 도둑과 강도가 기승을 부린다는 말을 익히 들었던 터라 우리 모두 행동이 조심스러웠지만, 이곳 주민들의 눈빛

케냐에 도착하자마자 넓은 초원, 작열하는 태양, 붉디붉은 흙을
만났다. 신은 유독 케냐를 사랑했음이 틀림없다. 커피가 잘 자
라는 최선의 환경을 선사했으니.

케냐에서 이틀 밤을 자게 될 우리의 숙소, '뉴케냐 로지'. 그곳에서 우리를 맞이한 것은 구멍이 숭숭 뚫린 모기장과 삐걱거리는 침대 네 개였다.

에서 그런 위험한 모습은 찾기 힘들다. 사람들이 아무렇지도 않게 차도를 마구 가로질러 다니는 풍경이 1960년대 우리와 크게 다르지 않다.

서울과 다를 바 없이 도심 한복판은 차가 막힌다. 잘 정비된 3차선 아스팔트 도로에 차선은 따로 없다. 가는 곳이 곧 길이다. 흙먼지로 뒤덮인 인도 위를 주민들이 분주히 오간다. 곡예하듯 잘도 끼어드는 형형색색의 차들, 흙먼지 뒤덮인 인도. 그 위로 사람들이 분주히 오간다. 고개를 들어 하늘을 보면 더없이 푸른데 눈앞의 광경은 온통 뿌연 잿빛이다. 떠들썩한 거리에서 나와 드디어 도착한 곳이 숙소 '뉴케냐 로지'다.

허름한 숙소 풍경에 놀랄 법도 하지만 일행 모두 태연하려 애쓴다. 미안한 마음이다. 어릴 적 쓰던 모기장이 네 개의 침대 위에 가지런히 매달려있다. 그리도 그리던 아프리카의 첫날밤이다.

다음 날 나이로비는 새벽부터 분주했다. 바깥의 떠들썩한 소리에 더 이상 잠자리에 누워있을 수 없다. 눈을 뜨니 웬 불청객 하나가 와있다. 고양이다. 한 방에 7~8달러밖에 하지 않는, 저렴한 숙소라 그런지 방충

망이 뚫려있었다. 그곳으로 들어온 모양이
다. 고양이를 무서워하는 박 피디는 고양이
가 모기장 안으로 들어오기 위해 자기를 공
격했다며 진땀을 흘렸다. 일행이 깰까봐 소
리는 못 지르고, 밤새 뒤척인 모양이다. 그
모습을 보며 한참 웃던 상범이가 고양이를
쫓아낸다. 무엇이 불만인지 한참을 야옹거
리다, 어슬렁어슬렁 문 뒤로 사라졌다.

철계단을 올라가면 나오는 옥상에서 한
국식 아침상을 차렸다. 사람들로 북적북적
한 이 허름한 도시는 우리네 동대문시장 같
다. 떠나기 전 고추장, 김치, 깻잎 같은 밑
반찬과 함께 라면, 즉석 밥까지 알뜰히 챙
겨온 덕분에, 한식 상차림이 가능했다. 비
행기를 탈 때까지만 해도 현지에서는 현지
음식을 먹어야 한다며 큰소리치던 박 피디

동아프리카의 관문답게 복잡한
나이로비 시내. 차와 사람이 뒤
엉켜있지만 그 속에도 '질서'는
있다.

도, 아침상 앞에서는 맛있다는 칭찬을 아끼지 않았다. 휴대전화로 흘러나
오는 모차르트 피아노 협주곡 16번도 들었다.

서둘러 티카Thika의 커피농장을 찾아나섰다. 저녁에 미리 예약해둔 4
륜구동차가 숙소 앞에 기다리고 있다. 박 피디는 출국 전부터 줄곧 비포
장 길에서 우연히 펑크가 나 우리가 고생하는 장면을 카메라에 담을 수
있기를 학수고대하고 있다. 고물 자동차를 보며 그는 안성맞춤인 차라며
반색한다.

"타이어가 터지는 장면을 카메라에 담을 수 있기를 기대합니다!"

티카 커피농장은 케냐 정부 주도로 만들어진 곳으로, 케냐 커피를 이야기할 때 빼놓을 수 없는 곳이다. 케냐 정부가 작은 농가들을 대단위로 묶어 국영 단지를 만든 것은, 커피가 이 나라 제1의 수출상품인 점과 무관하지 않다. 농장으로 가는 길은 평탄하다. 아침 일찍 일터로 가는 바쁜 걸음의 주민에게 손을 흔들어 인사를 나눈다. 우리처럼 도로변에 줄 맞추어 심어두지는 않았지만 무성한 열대림이 빼곡히 길가를 감싼다. 짐들은 자동차 지붕에 위험천만하게 실려간다. 2월의 아침인데도 햇볕이 벌써 뜨거웠다.

티카 커피농장을 찾아서

나이로비에서 북동쪽으로 38킬로미터를 두 시간 남짓 달렸다. 이번 탐험을 위해 따로 마련한 고도계가 해발 1520미터를 가리켰다. 나이로비의 고도가 1728미터임을 감안하면 저지대라 할 수 있지만, 커피 재배지로서는 고지대다. 남쪽의 응다루구Ndarugu 강으로부터 얕은 경사를 이루며 넓게 펼쳐져있는 이곳 티카 커피농장은 풍부한 물 덕분에 커피 외에도 차나 화훼류 같은 원예작물들이 잘 자란다. 게다가 수도와 인접해있고, 도로도 잘 정비되어있으며, 아프리카 다른 지역과 비교해 전력 사정도 우수하다. 커피재배에 딱 알맞은 지역인 것이다.

특히 나를 정신없이 빠지게 한 것은 토양이다. 유구한 세월을 두고 강에서 차곡차곡 쌓인, 눈부시게 찬란한 붉은 색의 충적토沖積土다. 붉은 흙을 보는 내 심장이 뛴다. 이 흙을 몇 트럭만 가져갈 수만 있다면 더 이상 바랄 게 없겠다. 몇 해 전 부푼 기대를 안고 물어물어 찾아갔던 지구상에서 가장 질 좋은 커피가 난다는 자메이카의 블루마운틴에서도, 재배 연구에 몰두했던 하와이 코나지역에서도 이런 흙은 볼 수 없었다.

　커피재배에서 기후와 기온 못지않게 중요한 요소가 바로 흙이다. 좋은 흙을 찾기란 좀처럼 쉽지 않아서 아직도 많은 시간이 걸린다. 한때는 인적 드문 동네 야산을 혼자 돌아다니면서 흙을 찾기도 했는데, 그러다 바위틈에서 한줌의 고운 부엽토(腐葉土, 풀이나 낙엽 따위가 썩어서 된 흙. 원예에 주로 사용함)를 발견했을 때의 득의양양함이란! 천하를 얻은 유방에 비할 바가 아니다. 그런데 티카 농장에는 아름답고 질 좋은 붉디붉은 흙이 천지다. 처음에는 부럽다가 나중에는 슬며시 서럽기까지 하다.

케냐 정부가 직접 관리하는 티카 커피농장. 풍부한 물과 질 좋은 흙 덕분에 이곳은 커피 생산의 요지로 떠올랐다.

박 피디는 일정이 바쁘다며 재촉이다. 다시 흙먼지 가득한 비포장길을 달린다. 좌우로 끝없이 펼쳐지는 커피농장. 군데군데 아담한 농가가 보인다. 대원들은 처음 보는 광경에 모두 감탄사가 끊이지 않는다. 니콘의 셔터 소리, 스크립트하는 재빠른 손놀림, 소니 방송용 카메라도 바삐 움직였다.

티카 커피농장의 관리 정도는 우수했다. 30년 넘은 오래된 커피나무들이 토양을 꽉 움켜쥐고 잘 자라고 있었다. 땅은 평평하지만 나무 사이 거리가 일정하지 않아 일일이 손으로 작업하고 있었다. 원두커피의 종자인 아라비카Arabica 종이 눈에 띈다. 아라비카종은 고급 원두의 재료로, 단맛, 신맛, 감칠맛이 뛰어나고 카페인의 양이 적다. 이와 반대되는 종으로 로버스타Robusta가 있는데, 아라비카종에 비해 쓴맛이 강하고 카페인 함유량도 많지만, 대량 생산이 가능하고 가격이 저렴해 인스턴트커피 등을 만들 때 사용한다.

원두는 아라비카 종(왼쪽)과 로버스타 종(오른쪽)으로 나뉘는데, 이 중 아라비카종이 맛과 향에서 뛰어나다. 인스턴트커피에서 주로 사용하는 로버스타는 대량 생산이 가능한 반면, 품질이 떨어진다.

티카 커피농장에 핀 커피나무의 꽃. 꽃이 지고 나면 커피체리가
열리고, 커피를 추출할 수 있는 원두를 얻을 수 있다.

로버스타는 먹을 수가 없을 정도로 쓰다. 우리는 '커피' 하면 유럽을 떠올리지만, 사실 프랑스 커피는 질이 좋지 않은 편이다. 커피가 유럽으로 퍼져나간 시기는 유럽이 서아프리카를 식민지로 두면서다. 이때 서부 아프리카에서 주로 재배하던 로버스타가 프랑스로 넘어갔고, 쓴맛을 감추려다 보니 우유가 잔뜩 들어간 카페오레 같은 커피가 생겨났다.

오른편 멀리 한 무리의 농부가 무언가 작업을 하고 있다. 급히 차를 세운다. 얼른 보아서는 커피나무의 발육 상태가 그리 좋아 보이지 않는다. 일조량이 매우 강한데도 다른 지역에서 흔히 볼 수 있는 셰이드 그로운Shade Grown은 찾아볼 수 없다. 셰이드 그로운은 일종의 유기농 커피라 말할 수 있다. 커피는 보기보다 많은 햇빛이 필요하지 않다. 햇빛이 지나치게 강하면 발육에 지장을 주기 때문이다.

야생커피는 열대우림 사이에 자생하고 있어 경우가 다르지만, 새로운 경작을 하는 곳에서는 바나나나무처럼 잎이 넓은 나무 옆에 커피를 심는다. 이러한 방식으로 체리의 양보다는 질을 높이는 방법이 셰이드 그로운이다. 이렇게 하면 본래 있던 나무들을 다 없앤 뒤 커피밭을 만드는 관행을 되풀이하지 않아도 된다. 또 비료를 사용하지 않아 환경에도 큰 도움을 준다.

우리나라 연평균 강수량이 1300밀리미터 정도인데 비해, 케냐는 800밀리미터 정도다. 관수 시스템이 없으면 커피재배란 사실상 어렵다. 이들에게 직접 듣고 싶은 얘기들을 서둘러 메모한다. 강수량은 어느 정도이고 물은 어떻게 공급되는지, 일조량이 너무 많은데 어떻게 관리하는지, 나무 한 그루에 몇 킬로그램이나 수확하는지 등이다.

5년째 이곳 커피농장에서 일하는 피타 투오Pita Thuo와 반갑게 인사

나눴다. 그의 영어는 발음이나 억양이 특이하긴 하나 큰 어려움은 없다. 이곳에서 일한 지는 5년밖에 되진 않지만 어릴 때부터 집앞에서 커피농사를 해왔던 터라 커피재배에는 일가견이 있다고 했다.

이곳 티카의 대부분의 농가에서는 앞마당이든 뒤뜰이든 소규모로 커피를 경작하고 있다. 5월과 11월에 커피를 수확해 1차 가공, 즉 펄핑(Pulping, 커피 껍질을 까는 과정)을 마치면 우리나라 농협과 같은 협동조합 Cooperative Society에 보내져 공동가공을 한다. 케냐의 70만 커피농가가 이 협동조합에 가입되어있다고 한다. 물론 모든 커피는 돈을 벌기 위해 재배되므로 정작 이곳 농부들이 커피 한 잔을 마시는 경우는 극히 드물다. 피타 투오는 주로 자연 강수에 의존하지만, 바닥에 급수 파이프가 이미 설치되어 강제급수도 가능하다고 설명했다.

피타 투오는 20여 명의 남녀와 함께 일하고 있었는데, 이들은 농장 가까이 사는 오랜 이웃들이라고 했다. 그들은 마침 가지치기(剪定, Pruning)를 하는 중이었다. 이 작업은 과수재배에서 나무의 모양을 좋게 만들려고 하는 것과는 다르다. 가지치기의 목적은 좋은 과실이 많이 열리게 하는 데 있다. 이를 위해 부러지거나 약해진 가지를 없애고, 서로 얽힌 가지를 정리하며, 체리가 달릴 가지 수를 제한하기 위해 잘라내기도 한다. 가지 수를 제한하는 이유는 가지 끝에 새로운 가지가 많이 생기면 열매가 높은 위치에 열리고 오히려 밑부분이 비기 때문이다. 열매가 골고루 맺히지 않고 한쪽에 치우치면, 맛이나 품질에 좋지 않다. 또 가지치기를 하지 않으면, 커피 나뭇가지만 무성하게 자라서 열매에 충분한 영양소가 공급되지 않는다. 이 작업은 결코 쉽지 않다. 고도의 전문성이 필요한 매우 정교한 작업이다.

티카 커피농장은 농약을 사용하지 않고 유기농으로 커피를
기른다. 고랑에 풀과 낙엽을 놓아 퇴비로 활용한다.

나이 든 사람들이 가지치기를 맡고, 젊은이들은 베어낸 나뭇가지를 옮겼다. 또 부인들은 주변 풀과 낙엽을 정리했다. 티카에서는 밭고랑에 깊은 웅덩이를 파고 풀과 낙엽을 쓸어 담아 퇴비로 사용한다. 제초제를 사용하지 않는 그들의 수고가 인상적이다.

피타 투오에게 다시 루이루Ruiru11에 대해 물어보았다. 반대편에 넓게 심었다고 한다. 오늘날 케냐 커피의 대표적인 신교잡종인 루이루11은 케냐 커피위원회(CBK, Coffee Board of Kenya)의 끊임없는 노력의 결실이다. 병충해에 강한 교잡종으로 일반 아라비카종에 비해 키가 작아 재배하기도 쉽다. 단위 생산

커피재배에서 가지치기는 무엇보다 중요하다. 숙련된 솜씨가 필요하기 때문에 노인들이 가지치기를 맡는다.

량도 높아서, 1990년대 이후 케냐의 소규모 재배농가들이 많이 재배하고 있다. 이들의 눈물겨운 노력에도 커피 소비시장에서는 그다지 높은 평가를 받지 못하고 있다.

루이루11은 교잡종이다. 아라비카 커피는 병충해에 약하고 지대에 민감한 품종이라서, 생산량을 늘리기 위해 교잡종을 만들었다. 하지만 막상 루이루11을 재배해보니 양은 많아졌지만 맛이 떨어져 품질에서 높은 평을 받지 못한다. 하지만 세계 곳곳의 커피 컨퍼런스를 누비며 자국 커피를 홍보하는 데 열심이던 케냐 커피위원회의 활기찬 모습을 떠올리

케냐 정부가 개발한 신교잡종 루이루
11. 병충해에 강하고 수확량이 많지만,
맛과 향이 떨어지는 게 흠이다.

니, 그들의 숨은 노고에 절로 고
개가 끄덕여졌다.

예로 돌아보면, 케냐에서 처
음 커피가 재배된 장소는 1893년
인도양과 인접한 해안지방 부라
Bura다. 그 뒤 1904년 수도 나이
로비 인근 키쿠유Kikuyu지방에서
본격적인 재배를 시작했고, 다른
아프리카 국가들보다 이른 시기
인 1930년대 영국의 식민지정부에 의해 커피위원회가 설립되면서 품질
관리, 인허가관리 등 본격적인 커피 수출업무를 주도하게 된다.

잇따라 케냐 커피경매장이, 1947년에는 커피 판촉위원회가 설립되었
다. 그 뒤 여러 차례 기구 통폐합과 법령의 개정을 거치면서, 마침내 1960
년 케냐 커피위원회를 발족시켜, 오늘과 같은 국가 기간산업으로서의 위상
을 갖추었다.

가하와의 노래를 듣다

케냐에서는 커피를 그들의 언어인 스와힐리Swahili어로 '가하와Kahawa'
라 부른다. 우리 커피박물관에서 틀기 위해 여러 농부의 노래를 계속 녹
음했다. 고된 일을 하며 부르는 노동요를 한 곡 불러달라고 간청했더니,
주저 없이 한자리에 모여 우리를 위해 노래를 들려준다. 커피를 재배하
며 부르니, 바로 '가하와의 노래'다. 발을 구르고 손뼉을 치고 서로의 눈

을 바라보며 거침없다. 뜻은 잘 통하지 않지만 우리도 함께 흥얼거리면서 절로 신이 났다. 노동의 고통에서 오는 애절함이야 짙지만 슬픔으로만 가득차지는 않았다.

하늘은 푸르고 흙은 붉다. 까만 피부의 케냐 사람들의 해맑은 미소는 자연 그 자체다. 자연이 부르는 노랫소리가 나를 알 수 없는 그 어떤 먼 곳으로 이끌어간다. 오래전 여행 중 비싼 값을 치르고서야 겨우 먼발치에서 들었던 빈 필하모닉 관현악단의 연주가 이보다 아름다울까? 한두 소절만을 부탁했지만 노래는 쉽게 끊이질 않았다. 노랫말을 물어보니 열심히 땀 흘려 일하면 잘살 수 있다는 뜻이라고 한다. 이들에게 커피농장은 즐거움과 고난이 교차하는 삶의 터전인 동시에 간절한 희망의 땅이기도 한 것이다.

케냐 농부들은 아침 8시에 나와서 저녁 6시 반까지 일하지만 대우는 썩 좋지 않다. 하루 100케냐실링의 돈을 받는데, 79케냐실링이 약 1달러이므로 우리 돈 1000원이 조금 넘는 셈이다. 우리 눈으로 봤을 때는 100케냐실링은 큰돈이 아니지만 이들에게는 정말 소중한 돈이다. 이마저 벌지 않으면 구걸을 선택할 수밖에 없기 때문이다. 그런 면에서 커피는 이들에게 삶의 버팀목이나 다름없다.

그리 멀지 않은 곳에 있는 티카 커피밀Thika Coffee Mills을 찾아 나섰다. 가이드 겸 운전수인 조지프는 마치 이곳을 잘 아는 듯 모든 준비가 잘되었다며 나이로비에서 우리에게 말했지만, 막상 현지에 와보니 그런 것 같지 않다. 굳게 닫힌 철제 정문에서 경비원에게 한참 동안 우리에 대해 설명하고는 겨우 안으로 들어갔다.

널따란 공장 마당에는 마침 여러 대의 트럭에 커피가 실리고 있었다.

농장 사람들이 부르는 '가하와'의 노래. 열심히 일하다
보면 언젠가는 잘살 수 있으리라는 내용이다. 일자리가
부족한 케냐에서 실제로 커피는 농민이 부자의 꿈을 꿀
수 있는 유일한 대상이다.

줄지어선 청년들은 건장한 어깨로 60킬로그램이나 되는 커피마대를 터벅터벅 실어 나른다. 우리는 우리대로, 그들은 그들대로 서로 신기해 눈길을 주고받는다. 어느새 박 피디의 카메라가 돌아간다. 카메라와 눈이 마주치자 하얀 이를 드러내곤 씨익 하고 웃는다. 이 순간을 놓칠세라 이곳저곳을 누빈다.

한바탕 신이 날 무렵, 흡사 의사 가운과 같은 제복을 입은, 높은 계급의 관리직원이 우리를 제재하고 나섰다. 사전 동의 없이 촬영했다며 강한 불쾌감을 나타냈다. 조지프가 나서서 경과를 설명하고 나도 나서보았지만 속수무책이다. 짧은 방문은 이렇게 끝이 났다. 이곳 티카에서 생산되는 원두인 케냐AA 기타카Githaka를 오랫동안 쓰고 있는 나로서는 못내

오랫동안 사용해온 케냐AA 기타카를 생산하는 티카 커피밀을 찾아나섰다. 모든 준비가 되어있다는 가이드 조지프의 말이 무색하게, 관리인의 제재로 쫓겨나다시피 나와야 했다.

섭섭하기만 했다.

하루가 채 지나지 않았는데도 여러 날을 보낸 듯하다. 아프리카식 샌드위치와 진한 케냐 커피 한 잔으로 점심을 대신하고 시골 농가를 찾아 나섰다. 아프리카 커피산지에서 그들이 어떻게 커피를 마시는가는 오래된 궁금증이었다. 아프리카 여행을 다녀온 지인들로부터 커피를 선물 받아 그 맛을 봤지만 사실 기대 이하였던 터라, 어떤 도구로 어떻게 커피를 만들고 무얼 섞어 마시는지 매우 궁금했다.

그림 같은 언덕길 위로 하늘 높이 치솟은 나무가 늘어서있다. 어디서부터인지 동네 아이들이 구름처럼 몰려든다. 뿌연 황토먼지를 뒤집어 쓰면서 고물차 뒤꽁무니를 따라온다. 아이들의 눈망울은 세상에 단 하나밖에 없는 보물이다.

티카 커피밀에서의 잘못을 만회하려는 듯 조지프가 동네 아주머니들과 실랑이를 벌였다. 수줍음 많은 한 아주머니의 도움을 받기로 했다며 어깨를 으쓱해 보인다. 아담한 농가의 안으로 들어가니 두어 평 남짓한 부엌은 어둡고 답답하다. 한쪽 구석에 아궁이가 마련돼있고 플라스틱 물통과 냄비 서너 개가 전부다.

처음에는 깜깜해서 보이지 않았으나 박 피디의 카메라 플래시가 들어오자 플라스틱 물통에 담긴 물의 상태가 확연히 드러났다. 흙탕물이다. 출국 전 누누이 들었던, 마시는 물을 조심하라던 주위의 충고가 귓전을 때린다. 내 심정을 알 리 없는 아주머니는 천연덕스럽게 나무덤불에 불을 붙이곤 물을 끓이기 시작한다. 탐험 내내 감수해야 할 물과의 전쟁이 시작되는 순간이었다.

커피를 언제 사두었는지는 알 도리가 없다. 아주 곱게 갈아져있어 가

아프리카의 평범한 사람들은 어떻게 커피를 마실까?
조지프를 따라 들어간 민가의 부엌에서 그 궁금증을
풀 수 있었다.

루 그대로 냄비 속으로 들어가는 건 확실했다. 생각보다 물이 빨리 끓었
다. 물은 10인분 정도로 냄비에 가득한데 커피는 5인분쯤 봉지에 남아있
어 통째로 붓는다. 설탕은 한국식 계산대로라면 20인분 정도로 가득 넣
는다. 박 피디는 좁고 어두운 부엌에서 나무연기와 냄새에 질식할 듯 힘
겨워하면서도, 여전히 그 특유의 웃음을 지으며 카메라를 돌리고 있다.

　상범, 의진이는 좁은 공간에서 각자의 역할을 찾기 위해 애썼다. 끓인
흙탕물과 오래된 커피, 그리고 넘칠 만큼 듬뿍 넣은 정제하지 않은 굵은
설탕……. 마셔보지 않아도 상상이 가지만 눈 찔끔 감고 마셔야 했다. 이
걸 위해 이곳에 오지 않았는가?

모든 세상일에는 양면이 존재한다. 어린이를 고용하지
않는다는 자랑스러운 저 팻말은 커피재배에 동원되었
을 수많은 아이들을 떠올리게 했다.

고물차 뒤꽁무니를 따르는 아이들. 세상의 모든 존재가 아름답지만 아이들의 눈망울은 지친 여행객을 위안한다.

커피 잔이라고 할 것도 없는 잔을 들고 밖으로 나온다. 이미 마당에는 동네 아낙들과 아이들로 장사진이다. 모두 우리와 커피 잔을 쳐다보고 있었다. 벌컥 한 잔을 다 마셨다. 나는 물론 일행 모두 맛있다며 '타무 Tamu'를 외친다.

아이들과 헤어지는 데 오랜 시간이 걸렸다. 사진을 찍고 또 찍고, 악수도 거듭, 안녕이라는 인사도 거듭……. 그것도 모자라 마을 어귀를 한참 지난 곳까지 노래 부르며 차 뒤꽁무니를 따라온다. 위험하니 조심하라는 말을 알아들을 리 없다. 돌아가는 길가에 자랑스러운 듯 서있는 팻말의 글귀가 한참동안 머릿속을 떠나지 않는다. "우리는 법에 따라 18살 미만의 어린아이에게는 일을 시키지 않습니다."

🐝 아프리카의 연인, 카렌

카렌 블릭센 박물관

붉은 대지의 색깔을 닮은 여명이 밝아온다. 케냐 나이로비 낡은 숙소의 옥상에서 새벽아침을 맞는다. 부산한 발걸음은 벌써부터 나이로비의 소란스런 오후를 예고하고 있다. 형형색색의 옷차림과 질주하는 원색의 차들이 잘도 어우러진다. 짙은 매연은 상쾌한 새벽을 서서히 밀쳐내고 있다. 건물들은 허술하고 보도는 먼지로 가득하지만 눈앞으로 다가오는 이 활기찬 얼굴들이야말로 나이로비의 미래가 아닐까?

3일밖에 지나지 않았지만 이젠 제법 이곳이 익숙하다. 원래는 어제 탄자니아 아루샤Arusha로 떠날 계획이었지만, 카렌 블릭센 박물관Karen Blixen Museum의 아름다움에 취해 한 컷이라도 더 담으려는 박 피디의 고집으로 모든 일정을 변경할 수밖에 없었다.

덴마크 작가로 노벨상 후보에 올랐던 카렌 블릭센(1885~1962)은 영화 〈아웃 오브 아프리카〉(1986)의 원작자로 유명하다. 실제 아프리카에 살면서 십 년 넘게 커피농장을 경영한 경험을 바탕으로 소설 《아웃 오브 아프리카》(1937)를 썼다. 여기서 카렌은 아프리카의 삶을 시적으로 형상화했고, 그 당시 유럽에서 불었던 아프리카에 대한 동경과 맞물려 폭발적인 인기를 얻었다. 로버트 레드포드, 메릴 스트립이 주연한 영화 역시 많은 인기를 모아, 유럽과 미국의 많은 관광객들이 영화를 떠올리며 이곳을 찾는다. 카렌 블릭센의 극적인 삶과 아프리카를 향한 그녀의 순애보도 사람들이 카렌 블릭센 박물관으로 향하는 이유다.

아프리카의 연인, 카렌 블릭센이 살던 음보가니 하우스. 그녀는 이곳에 10년 넘게 살면서 커피농장을 운영했다.

1917년부터 카렌의 소유였던 음보가니Mbogani하우스는, 고약한 병마에 시달리다 커피농장 재건의 희망마저 잃은 그녀가 1931년에 아프리카를 떠날 때까지 줄곧 살던 곳이다. 케냐 스와힐리어로 '숲속의 집'이라는 이름이 잘 어울리게 아름다운 숲속에 그림처럼 자리 잡고 있다. 사방은 온화한 기운이 감돌고 숲속에는 선선한 바람이 불어온다. 잘 정돈된 정원 위로 때마침 시원한 소나기가 내렸다. 풀잎을 두드리는 빗방울 소리는 오래전 보았던 영화의 아련함을 잠시나마 떠오르게 했다. 투박하게 생긴 후원의 밀스톤Millstone 테이블에 걸터앉아 멀리 빗속에서도 푸르게 보이는 응공Ngong 언덕을 바라보았다.

좁은 현관을 통해 박물관에 들어섰다. 내부 장식은 수수하지만 세월의 흐름에도 단단한 느낌이다. 약 200제곱미터의 공간에 침실 두 개, 거실, 식당, 사무실 그리고 서재가 박물관 내부의 전부다. 윤기 나는 책상, 손때 묻은 코로나 타자기, 너무 오래 튼 탓에 낡디낡아 나중에는 말 울음

음보가니하우스의 내부. 한쪽 벽을 가득 채운 묵직한 책들이 카렌의 지적인 면모를 증언한다.

소리밖에 들리지 않았다던 축음기가 보인다.

가지런히 꽂혀 한쪽 벽 서가를 가득 채운 두터운 책들은 그녀가 고뇌하는 작가였음을 묵묵히 증언한다. 문득 친분이 있던 수필가 피천득 선생의 말이 생각난다. 옛날 반포의 선생 댁으로 찾아뵈었을 때, 텅 빈 서가를 보고 의아해 했던 적이 있다. 그러자 내게 선생은 "책이란 누군가 읽으라고 있는 게지…… 책꽂이에 꽂아두라고 있는 건 아니지요."라며, 그나마 몇 권 안 되던 책을 선물했다.

사람들은 그녀의 침대며 의자, 탁자 따위의 세간을 보며 그 시절로 돌아간 듯 고개를 끄덕인다. 그러나 정작 내게 중요한 커피의 흔적은 어디에도 찾아볼 수가 없다. 나는 고개만 갸웃거린다. 건물 입구를 들어서며 보았던 막 꽃이 핀, 심은 지 채 몇 년 안 된 키 작은 커피나무 한 그루가

집안 곳곳에는 카렌의
옛 사진들이 걸려있다.

전부다. 끝없이 펼쳐지는 아름다운 커피농장을 막연히 동경해온 내 자신
을 생각하며 뒤늦게 실소했다.

카렌은 처음 240제곱미터로 커피농장을 시작했다가, 1차 세계대전으
로 커피값이 상승하게 되자 커피농장에 투자하라고 고국 덴마크의 가족
들을 부추겼다. 그렇게 해서 2400만 제곱미터의 커피농장을 일구었다.

아프리카에 첫발을 내디딘 후 17년 동안 모질게 커피농사에 매달렸
음에도 그는 단 한 해도 이익을 내지 못하고 결국에는 실패하여 아프리
카를 떠나게 되었다. 이곳 응공지역이 커피재배지로 적합하지 않다는 사
실은 아주 먼 훗날이 되어서야 깨달았을 것이다. 나이로비 도심에서 남
서쪽으로 20킬로미터 남짓 떨어져있는 이곳의 고도는 해발 1700미터를
넘나든다.

아라비카 종이 잘 자라는 고도가 900미터에서 1800미터라고는 하지만, 이곳은 나이로비 북쪽 지역에 비해 건조해 재배가 쉽지 않다. 여기다 강수량이 규칙적이지 않고 척박한 강强산성이다. 병충해에 약한 아라비카 종 커피나무가 이러한 자연환경에서 제대로 자랄 수 있을지, 그 당시 농사일에 문외한이었던 그녀로서는 알 수 없었으리라. 땅의 깊이나 물빠짐, 수습水濕, 나무 간 거리, 가지치기, 거름 이렇게 헤아릴 수 없는 많은 요소들이 커피재배에 필요하다는 사실을 몰랐던 셈이다. 그런데도 오늘날 많은 미국인이 은퇴 후 가장 하고 싶은 일 중 하나로 하와이 커피농사를 꼽는다고 하니 쓴웃음을 짓게 된다.

대지에 제대로 뿌리 내리지 못하는 커피나무는 어쩌면 그녀의 삶과 닮아있기도 했다. 사랑하는 남자와 결혼해 아프리카까지 왔지만 그 사랑은 곧 스러지고 오직 그녀만 남지 않았던가. 평생을 함께하겠다는 이도 떠난 뒤, 이 너른 대지에 누렇게 말라가는 커피나무를 쓸쓸히 바라보았을 카렌. 그녀에게 커피는 그토록 사랑하던 아프리카였지만, 결국 그 사랑은 아프리카를 떠나게 만들었다.

오후 4시쯤 되었을까. 적도의 햇살은 아직 뜨겁지만 곧 붉은 노을빛 속으로 사라지리라는 조바심으로 발걸음을 재촉한다. 그 당시는 하루 종일 불씨를 살려두어야하는 까닭에 화재를 염려하여 10여 미터 떨어진 한쪽 구석에 따로 부엌을 지어두었다.

호기심 가득한 발길을 회랑回廊으로 돌린다. 예닐곱 평 부엌은 소박했다. 남작부인으로서 부엌일을 할 만한 위치에 있지 않았던 그녀가 과연 커피를 직접 끓이는 일을 얼마나 자주 했을까, 아니 해보기는 했을까 하는 생각이 든다. 이런 생각들이 꼬리를 물고 이어지는데 갑자기 눈이

번쩍 뜨였다. 눈에 익숙한 고정식 그라인더(grinder, 커피 분쇄기) 세 대가 탁자 모서리에 매우 단단히 매달려있다.

몇 해 전 영국 여행 중 런던 어느 경매장에서 이것과 똑같은 빨간색 손잡이가 유난히 아름다운 낡은 그라인더 한 대를 산 기억이 떠올랐다. 커피에 관

카렌의 부엌에서 발견한 고정식 그라인더 세 대.

한 것이면 무엇이든 다 좋다는 생각에 눈길 가는 그라인더 한 대를 산 것이었다. 점원의 정직한 눈빛 하나만 믿고 한 치의 의심도 없이. 그런데 후에 박물관 개관 준비를 하며 아무리 들여다봐도 커피그라인더라고 보기에는 무리가 있는 듯해 자료 조사를 했다.

틀림없는 그라인더이긴 하지만 생긴 모양이 일반적인 것과 달라서 커피그라인더가 아니라는 결론에 도달하고는 결국 개관 전시물에서 제외시켰다. 얼굴이 화끈거리고 속은 듯해 돈이 아깝기도 했지만, 박물관에 전시하지 않은 일은 너무 잘했다고 생각해오던 터였다. 그래도 혹시 하는 마음으로 밖에서 일없이 서성대고 있는 안내원을 불러 어떻게 쓰는지 물었다. 당근 같은 야채류, 후추, 고기 등을 갈 때 쓴단다. 안도의 한숨을 내쉬는 것도 잠시, 또렷한 어조로 커피를 갈 때도 쓰인다고 한다. 그때그때 갈아서 마시는 것은 아니지만 커피그라인더로 쓰이는 것은 분명했다. 결국 커피그라인더가 맞았던 셈이다.

케냐의 검은 황금, 커피

이 아름다운 카렌 블릭센 박물관에 커피와 관련된 것이 또 있지 않을까? 안내원에게 묻자, 그는 다른 젊은이에게 안내해주라며 손짓한다. 많은 관광객들이 무심히 지나칠 드넓은 정원을 가로지른다. 전날 야외 결혼식이 있었다 한다. 열심히 뒷정리하고 있는 일꾼들의 호기심과 부러움 가득한 시선을 따갑게 곁눈질로 느끼며 숲속 길로 접어든다.

사방을 두르고 있는 열대 관목들이 그 무성한 잎으로 하늘의 푸름을 가려 마치 어둑어둑한 저녁인 듯 착각이 든다. 덤불 속으로 겨우 한 사람이 다닐 정도의 한적한 오솔길이 나있다. 무언가를 숨기고 있는 듯한 고요한 길이다. 두근거리는 가슴을 채 진정하기도 전에 덤불숲으로 햇살이 쏟아졌다. 숲 사이로 붉게 녹슨 집채만 한 고철덩어리가 근엄하게 버티고 있다. 탄성이 절로 나온다. 영국산 커피 밀링milling기계와 수동식 펄핑 기계는 80여 년 전 기억을 되살리기 충분하다.

붉게 익은 커피체리가 몸집 큰 구식 펄핑 기계를 통과하며 내는 삐거덕 소리, 과육은 뒤쪽으로, 원두는 앞쪽으로 갈라지며 주변을 감싸며 내뿜는 향긋함과 끈적거림, 그 사이를 오가는 키쿠유Kikuyu족들의 떠들썩한 함성소리가 들려오는 듯하다. 수확의 기쁨을 만끽하는 그들의 몸짓이 눈에 선하다. 혹여 카렌을 흠모한, 케냐 커피를 사랑한 그 어느 누구도 발견하지 못했을 새로운 사실이 있을까 구석구석을 훑고 만져본다.

케냐 인에게 커피는 '검은 황금'이라고도 불리는 국가적 주력 수출 상품이다. 케냐 커피가 처음 세상에 알려진 때는 18~19세기였다. 해상 경로를 통해 스코틀랜드 선교사들이 1893년, 또 다른 경로를 통해 프랑스 선교사들이 1708년 예멘의 아덴 항으로부터 프랑스령 레위니옹

카렌 블릭센 농장에 있던 밀링 기계. 밀링 기계에서는 과육을 벗기는 펄핑 과정과 파치먼트를 제거하는 훌링 과정이 모두 이루어진다.

Reunion 섬(과거 부르봉Bourbon 섬)에 옮겨 심은 게 그 시작이었다. 그러다 다시 탄자니아를 거쳐 1897년 나이로비 인근에 옮겨 심어서 케냐 커피가 탄생하게 되었다.

케냐 커피는 종자가 번식하는 데 중요한 변수인 온도와, 나무가 자라는 생장요소인 강우량, 일조량, 온도, 풍량, 토양 등이 적절히 어우러졌기에 가능했다. 한때 국제 커피가격이 내리면서 농가와 기업들이 수차례 극심한 어려움을 겪기도 했지만, 하늘이 선물한 자연환경과 케냐 인의 노력은 케냐 커피를 최고 품질로 만들었다. 케냐 커피산업은 세계적으로도 이미 아프리카를 대표한 지 오래다.

800년경 에티오피아 짐마에서 발원하여 케냐에 이르는 커피의 이동을 들여다보면, 인류의 역사가 철학가의 사상이나 정치가의 이념에 의해서만이 아니라, 일상생활의 욕구에 의해 변화되어왔다는 주장이 좀 더 설득력을 갖는다. 에티오피아와 케냐는 국경을 이웃했지만 '커피'라는 공통 산물을 갖는 데는 천 년이나 걸렸다. 처음 에티오피아에서 시작된 커피는 아랍과 유럽을 거친 뒤에야 케냐에 들어왔다. 이렇게 해서 두 나라는 전혀 다른 종자의 커피를 재배하게 되었으니, 역사의 아이러니라 할 수 있다.

커피밀을 떠나기가 싫었다. 소나기가 한 차례 더 내린 숲속은 물기를 머금어 영롱했다. 날은 여전히 따뜻한데, 이제 막 탐험의 전반부인데도 한참을 달려온 듯했다. 케냐에서의 시간이 서서히 뒤로 물러선다. 너무 오랫 동안 꿈속에 잠겨있던 탓에 어슴푸레 하던 것들이 제자리를 잡았다. 그래, 커피도 여행도 낭만이 아니라 현실이다. 이제는 커피의 역사를 하나하나 눈으로 확인해야겠다고 다짐한다.

카렌의 커피농장에 자리한
스위도하우스. 카렌은 사
진 속 여인처럼 홀로 석양
이 지는 아프리카 하늘을
바라보았을 것이다.

지친 탐험대의 발걸음을 지는 노을이 달래준다. 일정을 맞추기 위해 전전긍긍했던 상황에서 벗어나 숙소로 돌아가는 길은 고요하다. 카렌의 커피농장에 자리한 스위도Sweedo하우스의 근사한 테라스에 앉아 마신 커피 한 잔이 벌써부터 그립다. 카렌은 이 농장에서 생애 가운데 가장 격렬하고, 어찌 보면 무모할 정도로 열정적인 시간을 보냈을 것이다. 짧은 시간 동안 농장을 돌아보았다고, 카렌의 그 모험적인 삶을 어찌 다 돌아볼 수 있었을까? 지구 반대편이라는 먼 거리를 감안하면 언제 또다시 올 수 있을까 하는 아쉬움이 든다. 평온을 가르며 나이로비로 돌아가는 낮은 언덕길 위로 지평선과 만나는 어둑한 하늘이 낯설지 않다.

나이로비 도심은 여전히 북적인다. 많은 사람의 체취가 묻어나는 지금 이 순간을 담는다. 커피 한 잔이 간절하다. 번화가 한복판에 자리 잡은 나이로비의 자바하우스가 보인다. 모던한 감각의 널찍한 두 개 층이 모두 만석이다.

왁자지껄한 분위기 속에 멋진 4그룹스 이탈리아산 에스프레소 기계가 바 한가운데서 떡하니 버티고 있다. 젊은 바리스타들은 분주히 카푸치노를 만든다. 퇴근 후의 저녁시간이라 사람들이 많기도 하겠지만, 이미 나이로비의 커피소비 행태는 서구와 크게 다르지 않다고 한다. 다만 도시와 농촌 사이에 격차가 있고, 많은 이에게 일반화되지 않았다는 차이뿐이다. 더블 에스프레소에 뜨거운 물 반 잔을 넣은 아메리카노를 받아들고 나이로비 저녁거리를 걷는다. 길 건너로 작고 낡은 케냐식 커피점이 보인다. 거대 자본의 위력에 어김없이 힘겨워하는 모습이다. 케냐의 마지막 밤이다.

하루 종일 어깨를 짓누르던 배낭을 내려놓는다. 마음이 가벼워진다.

나이로비의 '자바하우스'. 낯선 여행지에서 만난 익숙한 커피 체인점은 지친 발걸음을 쉬게 해주었다.

몇 번이고 버릴까 하던 숲속 커피밀에서 주워온 주머니속의 돌멩이를 꺼내본다. 부질없는 짓임에 틀림없다. 쓰레기통에 버린다. 훗날 기억을 되살려주리라 생각하며 마치 값진 보물인양 내내 만지작거렸던 내가 우스꽝스럽다. 숙소의 작은 창 너머로 유난히 밝은 별들이 보인다. 케냐에 와서 늘 새벽을 맞았던 옥상 위로 올라간다. 밤하늘을 보며 그리운 이들을 하나씩 떠올린다. 내일 새벽에는 탄자니아로 가는 버스를 타야 한다. 사파리, 사바나, 야생동물, 빅토리아 호수, 마사이족으로 기억되는 아프리카 케냐, 잠보(Jambo, 안녕)!

TANZANIA 탄자니아

탄자니아는 '킬리만자로 커피'의 생산지로 잘 알려져있다. 품질이 우수한 커피는 주로 강우량이 풍부한 고산지대에서 생산되는데, 킬리만자로 남쪽에 위치한 아루샤와 모시 지역이 바로 그곳이다. 탄자니아는 바나나나무를 심어 커피나무에 자연 그늘을 드리우는 셰이드 그로운으로 유명하다. 탐험대는 무작정 방문한 커피위원회에서 농부의 손을 떠난 커피가 어떻게 등급별로 나뉘는지 확인하고 직접 그 맛의 차이를 느껴본다. 그리고 모시 협동농장에서는 '작지만 소중한 선물'을 받는다.

☕ 킬리만자로를 향해 달리다

아루샤 커피 로지

이른 새벽, 케냐의 정든 숙소를 떠났다. 일출을 향해 이동하는 일행들의 활기찬 모습을 담기 위해 박 피디는 졸린 눈을 비벼가며 카메라를 들었다. 다큐멘터리 촬영에 어색해하던 대원들은 이젠 제법 익숙한 눈치다. 우리를 바라보는 길거리의 수많은 시선에도 더는 부담을 느끼지 않았다. 커피 산지의 한복판에 와서 커피에 관한 촬영을 하고 있다는 사실이 제법 으쓱하기까지 했다. 비행기에 타기 전만 해도 우리 여행이 괜한 짓, 무모한 짓이라는 우려가 많았다. 그래서 우리 여정이 고난의 연속일 것만 같았는데 아직까지 순조롭게 진행되고 있다. '호사다마好事多魔'라 했던가, 그래서 더욱 조심스럽다. 긴장을 늦추어선 안 된다고 다시 한번 일행들에게 당부했다. 묵묵히 내 걱정을 이해해주고 따라주는 그들이 고맙다.

　탄자니아로 가는 길은 평탄하다. 탄자니아 국경을 넘나드는 버스 보비셔틀Bobby Shuttle은 드넓은 초원을 질주했다. 벌판에서 한가로이 풀을 뜯는 소떼, 간간이 보이는 마사이족, 그리고 찬란한 햇빛…… 끝없이 펼쳐지는 대자연의 평화로움에 절로 탄성이 나왔다. 마른 강바닥을 달리는 버스 뒤로 뽀얀 흙먼지가 날렸다. 드디어 나망가Namanga 국경지역의 혼

케냐에서 탄자니아로 가기 위
해 국경을 넘나드는 보비셔틀
을 탔다. 가는 도중 드넓은 초
원에서 마사이족도 만날 수 있
었다.

아루샤 커피 로지 너머 구름에 싸인 메루 산이 보인다. 메루 산은 탄자니아에서 킬리만자로 다음으로 높다.

잡스러움을 뚫고 탄자니아로 들어섰다.

드디어 아루샤Arusha에 도착했다. 아루샤는 다르에스살람Dar es Salaam과 함께 탄자니아에서 가장 빠른 경제성장을 보이고 있는 도시다. 킬리만자로(Kilimanjaro, 5895미터)에 이어 탄자니아에서 두 번째로 높은 메루(Meru, 4565미터) 산을 앞마당으로 두고 있는 아루샤는 일 년 내내 온화한 기후를 띠는 해발 1300미터의 아름답고 활기찬 도시다. 이곳 탄자니아에서 커피농장을 경영한다는 '킬리만자로 정'을 수년 전 서울에서 만난 적이 있다. 그는 탄자니아 커피를 자랑하며 나에게 사용해보라고 권했다. 밤새 아프리카에 대한 이야기를 늘어놓으며 기회가 된다면 농장에 한번 방문해 달라고 부탁했다. 그래서 나는 이곳에서 그를 다시 만날 수 있다는 생각에 출국 전부터 마음이 설레고 있었다.

오후 늦게 도착한 탓에 숙소는 정하지 못하고 서둘러 사파리 차 한 대를 빌려 인근 커피농장으로 향했다. 가이드 겸 운전사인 현지인 마이클의 권유로 달려간 농장은 말이 농장이지 막상 도착해보니 커피 로지

Lodge로 불리는 한적한 고급 숙박시설이었다. 21개의 독립된 오두막 객실이 커피농장 전체에 골고루 퍼져있는 로지를 안내원의 설명을 들으며 둘러보았다.

커피 로지는 매우 인상적이었다. 영국의 신혼여행객들이 즐겨 찾는다는 이곳은 아루샤 버스 터미널이 있는 떠들썩한 시내와는 전혀 다른 분위기였다. 차분하고 절제된 풍경이었다. 경계를 삼엄히 하면서도 방문객에게 깍듯이 인사하는 정문의 경비원, 시종 상냥한 얼굴과 친절한 태도를 유지하는 직원들로 미루어, 이곳 숙박시설이 잘 운영되고 있음을 짐작할 수 있었다.

전체적으로 잘 정돈된 로지의 분위기와 달리 가까이서 살펴본 커피나무의 상태는 그다지 좋아 보이지 않았다. 이곳처럼 푸석한 흙먼지가 많은 마른 평지에서 커피나무는 덜 자라며 열매를 맺을 수 있는 나이 또한

외국인 관광객이 많이 찾는 커피 로지. 커피농장이라기보다 고급 숙박시설이다. 21개의 독립된 오두막 객실이 있는데, 방이 한 개인 오두막의 하루 숙박료는 250탄자니아실링이다.

늦다. 나무의 모양을 미루어 비록 열매를 맺더라도 꽃눈의 형성이 불량하리라는 생각을 떨칠 수 없었다.

북한강가에 있는 커피박물관의 재배온실에서도 골칫거리인 흰 깍지벌레Whitish mealy bugs, 밀그루 마름병Corticium, 커피 붉은녹병Coffee Leaf Rust이 이곳 커피 로지에서도 쉽게 눈에 띄었다. 농장은 병충해 관리가 절실히 필요한 상황인데도 대수롭지 않게 여기는 것 같았다. 제초제 사용의 폐해에 대해서도 둔감한 듯했다. 잡초를 없애기 위해 제초제를 자주 사용하면 토양은 붉은색으로 변하고 해가 지날수록 황폐해진다. 제초제를 쓰지 않고 잡초를 제거하기 위해서는 일손을 들여 직접 뽑거나, 넝쿨 같은 지피식물을 키워 잡초가 못 자라도록 막아야 한다. 세계적 관심사인 '지속가능한 농업'은 안타깝게도 이곳에서 한갓 구호에 그치고 있었다.

나무 밑둥에는 모아둔 잔가지와 낙엽들이 수북했다. 궁금해 하는 대원들에게 안내원은 낙엽과 잔가지는 세월이 흐르면서 자연스럽게 퇴비로 쓰인다며 느릿느릿 답했다. 하지만 대개 밑거름으로 쓰이는 퇴비는 적정한 숙성과정이 필요한 유기질 거름으로, 싹 트기 전까지인 휴면기에 시비한다. 꽃이 핀 뒤 생장기에는 효과가 빠른 화학비료가 필요하다. 아프리카의 부족한 강수량을 감안한다면, 그저 나무 밑둥에 쌓아둔 잔가지와 낙엽들이 어느 세월에 퇴비가 될지 미심쩍었다. 농장관리자를 만나 이에 대한 자세한 얘길 나누고 싶었지만 자리를 비웠다.

지금 같은 상태가 유지된다면 커피나무의 발육이 부실해 열매를 수확할 수 있는 수령이 짧아지고, 해마다 생산될 커피체리의 품질도 점점 떨어진다. 안타까웠다. 내 마음속 생각들이 모두 다 열매를 맺을 수는 없겠지만 작은 희망을 담아 농장관리자에게 메모를 남기고 싶었다. 나의 염려와 상관없이 아루샤 커피 로지의 5월은 수확의 기쁨으로 한동안 행복할 테지만 말이다. 고개를 들어 저 멀리 구름 속 메루 산을 바라보았다. 하늘에는 저녁 햇살이 드리우고 있었다. 커피 한 톨 나지 않는 곳에서 온 낯선 이방인의 짧은 식견은 장엄한 석양 속으로 이내 묻혀버리고 말았다.

무거운 발걸음을 돌려 숙소로 향했다. 채 10분이 지나지 않아 홀연히 길 건너 셰이드 그로운Shade Grown 농장이 눈에 띄었다. 급히 차를 세웠다. 돌아가는 시간이 늦었다는 마이클의 구시렁거림을 한쪽 귀로 흘리고 농장으로 달려갔다. 이름 모를 열대의 아름드리나무가 일정한 간격을 유

커피 로지의 커피나무. 땅이 습하고 나무덩굴이 많아 나무 상태가 썩 좋아 보이지 않는다. 게다가 커피나무 아래에는 낙엽이 잔뜩 쌓여있다. 관리인은 이렇게 모아둔 낙엽이 자연스레 거름이 된다고 했으나, 어느 세월에 유기질 영양분이 될지는 의심스럽다.

지한 채 곧게 하늘을 향해 치솟아 있고, 그 아래로 커피나무들은 동서를 가로질러 가지런히 자리 잡고 있었다. 평온한 모습이었다. 일몰 직전의 힘없는 햇살 속에서 커피나무는 짙은 초록으로 빛났다.

키가 작기는 커피 로지의 나무와 다를 바 없지만 나무의 모양이나 잎의 윤기는 천양지차다. 가지는 튼튼하고 탄력 있었으며 열매솎기(摘果)를 하지 않았으나 커피체리는 크기나 양 모두 충실했다. 농부의 수고가 고스란히 담겨있는 농장이었다. 불과 10여 분 거리에 있는 두 농장에서 커피재배의 결과가 이렇게 확연히 다를 수 있다는 데 놀라지 않을 수 없었다. 따지고 보면 한동네의 과수농가도 정성에 따라 김씨네, 박씨네가 다른 것과 같은 이치이지만 말이다. 커피 로지의 커피가 탄자니아 커피의 전부인 줄 알고 돌아갔을 수많은 관광객을 떠올리니 씁쓸해졌다.

커피 로지 농장과 셰이드 그로운 농장을 비교해보면, 셰이드 그로운 농장의 커피나무(오른쪽)가 훨씬 많은 열매를 맺고 과실이 충실하다.

지난밤에는 오후 8시 넘어 도시 전체가 갑자기 어두워졌다. 그리고 두 번이나 더 정전이 되었다. 탄자니아의 전력상태가 좋지 않은 탓에 으레 그러려니 하며 넘기고 잠을 잤다. 오전 6시가 넘자 아침 햇살이 밝아왔다. 차로인지 인도인지 구분이 가지 않는 길거리 위로 점차 사람들의 발걸음이 또렷이 보이기 시작했다.

이른 시간인데도 진초록 치마, 자주색 스웨터, 흰 블라우스를 입은 빡빡머리 여중생들이 종종걸음으로 등굣길에 나섰다. 새하얀 히잡Hijab을 둘러쓴 여고생들도 삼삼오오 지나갔다. 일제 미니버스인 마타투Matatu의 매연은 아프리카 어느 도시를 가나 비슷한가 보다. 이곳 아루샤는 비포장도로 탓에 흙먼지가 좀 더 많이 일었다. 자전거 행렬, 사방에서 울리는 자동차 경적, 염소 울음소리…… 어느덧 어둠을 밀어낸 거리는 부산했다.

갓 구운 빵과 신선한 파인애플, 무엇보다 커피가 있어 호사스런 아침을 먹었다. 숙소인 게스트하우스의 모닝커피라고 해봐야 좋은 품질이 아닌데다, 양을 늘리려 물을 많이 부어 향도 없고 밍밍한 맛이 고작이었다. 하지만 아프리카에서 매일 컵라면으로 아침끼니를 해결했던 처지에 이를 두고 불평할 처지가 아니었다.

빗방울이 떨어졌다. 먹구름은 저쪽 메루 산에서부터 몰려왔다. 어느새 빗줄기는 굵어져 제법 많은 비가 내렸다. 그런데도 거리에 우산을 받쳐 든 사람은 하나도 없다. 그저 잠시 건물처마 밑에서 수군거리며 비가 약해지길 기다릴 뿐이었다. 아침 8시에 운전수 마이클을 만나기로 했지만 아프리카에서 처음으로 시간 약속이 어긋나고 있었다. 대원들마저 로비로 내려올 생각을 하지 않았다. 이래저래 마음이 편치 않았다.

어딜가나 아이들은 이방인을 반긴다. 셰이드 그로
운 농장의 아이들이 우리를 보고 반갑게 인사한다.

킬리만자로의 관문, 모시

한참을 기다린 후에야 빗속을 뚫고 킬리만자로의 관문 도시 모시Moshi로
향할 수 있었다. 세상 급한 일이 없을 것 같은 아프리카에서 우리는 바삐
움직였다. 아니 우리뿐 아니라 현지인 역시 바쁘기는 마찬가지였다. 무슨
그리 급한 약속들이 있는지 서로 바쁘다. 더 빨리 가라며 뒤차는 경적을
울려댄다. 모시는 킬리만자로 남쪽 기슭, 해발고도 약 800미터에 위치한
인구 15만 명 남짓의 작은 도시다. 차가Chagga족과 마사이Massai족의 고
향이며 일반인에게는 킬리만자로 등산로의 출발지로 친숙하다. 하지만

이 지역은 탄자니아 커피의 주 생산지로 의미가 더 큰 곳이다.

한 시간 남짓을 달려 모시 인근의 작은 마을인 마차메Machame에서 교회를 발견했다. 꽃들이 만발한 좁은 흙길을 따라 현관까지 갔다. 여전히 비는 내리고 있었다. 교회문이 낯선 방문객을 향해 활짝 열려있었지만 우리의 발길은 곧장 뒤뜰로 향했다. 바나나나무 밑에서는 어린 커피나무 백여 그루가 묵묵히 자라고 있었다. 한 뼘의 틈이라도 있으면 하나라도 더 키우려고 커피나무를 빼곡히 심어놓은 모양이, 우리네 시골 할머니의 고추밭과 비슷해 보였다. 케냐와 달리 소규모 경작이 많은 모시의 소박한 모습이다.

땅이 매우 질척거렸다. 화산성 토양임에도 배수가 빠른 편은 아니었다. 그렇다고 물이 고여있는 것도 아니었다. 풍부한 강수량과 토양의 밀도가 좋은 균형을 이루고 있음을 짐작할 수 있었다. 하와이 빅아일랜드 힐로지역을 감싸고 있는 마우나케아(Mauna Kea, 4205미터) 산이 연간 강수량 3000밀리리터 이상의 많은 비를 내리게 하듯, 세계 최대의 휴화산 킬리만자로 역시 모시 지역에 풍부한 강수량을 제공한다. 그러나 이곳이 힐로커피에 비해 월등히 높은 품질의 커피를 생산할 수 있는 이유는 토질과 강수량이 적당한 균형을 이루기 때문이다. 아무리 물이 부족한 아프리카라 할지라도 많은 비가 무조건 좋은 품질을 보장하지는 않는다.

잘 관리되지 않는 뒤뜰의 커피나무를 보며 커피재배가 결코 쉬운 일이 아니라는 사실을 다시 절감했다. 숙련된 사람이 애정을 가지고 돌보는 나무는 멀리서 보아도 한눈에 차이가 난다. 하물며 사람의 손길이 닿지 않는 야생커피는 그 품종이나 수확량이 한정될 수밖에 없다. 이것은 막대한 자본의 투자가 커피산업에서 좁힐 수 없는 빈부의 격차를 만든다는 의미이기도 하다. 스스로 왜소해짐을 느끼며 흙투성이가 된 신발로 교회계단을 올랐다.

스테인드글라스를 통해 교회 뒤편에 머물고 있는 빛이 출입구를 향해 은은하게 들어왔다. 십자가는 멀리서도 선명했다. 고요한 교회 안으로 들어가 기도하고 싶었으나 흙 범벅이 된 발은 쉽게 떨어지지 않았다. 우리가 떠난 후 누군가에게 수고를 끼치기 싫었다. 나는 계단에 서서 잠시 기도를 드렸다. 탐험대원과 우리를 알고 있는 모두의 안녕을 위해…….

킬리만자로를 지척에 두고 있지만 비가 내려 그 위용만 느낄 수 있을 뿐 선명한 모습은 볼 수 없었다. 누군가는 "내게 떠날 기회만 주어진다면 킬리만자로에 꼭 가보고 싶다."고 했다. 킬리만자로는 삶이 다하기 전 언젠가 가보아야 할 매혹적이지만 고독한 자신만의 순례지일까? 무엇이 이토록 간절하게 킬리만자로를 찾게 하는가. 헤밍웨이의 소설 〈킬리만자로의 눈〉에 나오는 만년설 근처에서 얼어 죽은 표범을 보기 위해서인가.

그것은 아마도 전문가나 초보자 누구나 등산장비 없이 아프리카대륙의 최고봉을 오를 수 있기 때문이다. 킬리만자로는 산을 오르려는 자에게 가혹하지 않다, 모든 순례자들에게 평등하다. 이런 상상 속의 아름다움에 편승해 일본의 커피업계에서는 언제부터인가 탄자니아 커피를 '킬리만자로 커피'로 칭하고 있다. 탄자니아 사람들도 그렇게 불리는 것이 싫지 않은 모양이다. 모차르트의 생가가 있어 많은 이들이 잘츠부르크를 방문하듯, 킬리만자로는 탄자니아 후손들에게 풍요를 선물하고 있었다.

모시 인근의 작은 마을에서 발견한 커피나무. 울창한 바나나 나무 아래 커피나무를 심는 방식이 바로 셰이드 그로운이다. 다른 설비 없이도 일조량을 조절할 수 있다.

모시의 작은 시골 교회에서 그것도 먼발치에서 바라본 킬리만자로를 두고 뭐라고 말하는 건 온당치 않은 일인지도 모른다. 하지만 소문과 상상을 떠나 내 눈앞에 펼쳐진 킬리만자로는 신비로움보다 인간에 대한 어떤 너그러움이 스며있다.

궂은 날씨 속에서도 오늘은 촬영분이 많다. 무더위에 빠듯한 일정, 불편한 숙소, 입에 맞지 않는 음식으로 모두들 힘들어하고 있었다. 하지만 나는 아루샤에서 모시로 늦게 출발한 점이 못마땅해 내내 불편한 기색을 감추지 못했다. 자꾸 일정이 지체된다면 그것이 뒤에 어떤 결과로 나타날지 모르기 때문이다.

킬리만자로를 고물 지프로 오르는 일은 그리 수월치 않았다. 비로 인해 어느새 길은 샛강으로 변해있었다. 행여 시동이라도 꺼진다면 낭패를 겪을 것이 뻔했다. 곳곳에 물웅덩이가 패어있고 길은 좁아져, 어쩌다가 내려오는 차와 마주치기라도 하면 오금이 저려왔다. 하지만 이런 어려운 상황을 겪을수록 어디선가 '킬리만자로 정'을 만날 것만 같은 기대감은 커져갔다.

잠시 쉬기 위해 길거리 커피점 앞에 차를 세웠다. 말이 커피점이지 나무로 얼기설기 엮어 만든 가정집 한 귀퉁이에는 장작불과 냄비, 설거지용 물통 네 개가 전부였다. 열 평 남짓 공터에 의자도 없는, 그야말로 노천 커피점이었다. 설거지통을 바라보며 물만이라도 깨끗하면 좋겠다는 생각을 해보았다. 하지만 담수시설이 없으니 강수량 풍부한 이곳 모시지역의 물 사정은 아프리카 여느 곳과 크게 다르지 않았다.

냄비 바닥에는 얇게 채 썬 생강이 끓고 있다. 주인은 그 위로 곱게 갈린 커피원두 가루를 듬뿍 집어넣는다. 정제되지 않은 굵은 설탕도 한 움

노천 커피점. 커피를 마시기 위해 장작불, 냄비 그리
고 빗물을 이용해야 한다면, 현대인은 과연 몇이나
그 수고를 감수할 수 있을까?

큼 손에 쥐어 집어넣는다. 한참을 기다린 후 커피를 중국산 플라스틱 거
름망에 거른다. 커피 찌꺼기 조금과 생강이 걸러진다. 주인은 특별히 귀
한 손님에게 내놓는 찻잔이라며 걸쭉한 커피를 가득 담아주었다. 생강커
피Ginger Coffee다. 오래전부터 이곳 탄자니아 북부지역에서 전해 내려오
는 전통 커피로, 기호 음료가 아닌 약리 효과를 내는 건강 음료다. 아프
리카 원주민은 허브나 계피 등 약재를 커피에 많이 섞어 마신다.

쌉쌀함과 쓴맛 그리고 단맛이 절묘한 조화를 이룬다. 커피를 맛본 대
원들은 이건 좀 특별한 맛이라는 표정이다. 연거푸 두 잔을 청해 마신다.

주인은 커피원두 가루와 굵은 설탕을 한 움큼 집어
넣어 국자로 저었다. 냄비에 생강을 잘게 썰어 넣
고 물을 끓인 다음 커피 찌꺼기와 생강을 거름망으
로 걸러냈다.

완성된 생강커피. 우리 입맛에는 커피보다 생강차에 더 가까웠다.

커피가 굉장히 많이 들어갔음에도 생강이 커피 맛을 잡아먹어 버렸다. 입맛에 따라 무엇을 첨가한 커피는 봤지만 물을 끓일 때부터 다른 재료를 먼저 넣는 것은 처음 보았다. 그렇다면 우리가 마신 것은 커피보다 생강차에 가깝다. 오히려 생강차에 커피를 섞었다고 볼 수 있다. 큰 기대 없이 얼떨결에 접한 생강커피지만, 노천 커피점의 분위기와 그 맛은 기억 속에 오래도록 남아있을 것이다. 비는 여전히 내리고 있었다.

☕ 커피위원회, 불청객의 수준을 시험하다

모시 협동조합에서 받은 작은 선물

낡은 지프에 무겁고 지친 몸을 옮겨 싣고 모시 협동조합Moshi Farmers Co
-operative Union으로 향했다. 협동조합 창고 앞은 휑하다. 그곳 책임자인
풍만한 중년의 여인 마리아는 탐험대를 반갑게 맞았다. 한국에서 미리
연락을 하고 방문한 것은 아니지만, 마치 오래전부터 우리를 기다리고
있었던 사람처럼 편하게 대해주었다. 조심스레 창고 문을 열고 들어섰
다. 이미 수확 철이 지나 커피는 한쪽 구석에 네댓 마대 있는 것이 전부
였다. 한복판에 자리 잡은 낡은 책상이 볼품없긴 하지만 그 위에 널브러
져있는 전표들은 그 책상 앞에서 벌어졌을 일희일비를 짐작케 한다.

전표 하나를 집어 들고 농부의 표정을 상상해보았다. 농부는 파치먼
트 상태의 거친 커피콩이 들어있는 마대를 어깨에 메고 창고에 들어선
다. 육중한 저울 위에 커피 자루를 힘겹게 올려놓는다. 그 짧은 순간, 조
금이라도 더 무게가 나가길 바라며 눈치껏 슬그머니 넣은 나무 부스러기
며 잔 돌멩이들이 제 값을 해주길 기도한다. 농부가 한 마대의 커피를 위
해 얼마나 많은 수고를 하는가?

농부는 평평하고 햇빛이 많이 들지 않는 비옥한 땅을 골라 고이 모셔

두었던 커피씨앗을 뿌린다. 그 위로 그늘막을 따로 치기도 한다. 땅이 마르지 않게 물을 주며 싹트기를 기다린다. 6개월, 길게는 1년여를 아이처럼 보살펴 건장한 체구가 되면, 넓고 험한 산비탈로 나무를 옮겨 심는다. 야생으로 내동댕이쳐 커피나무가 몸살을 치르며 자생력을 기르도록 하는 과정이다. 튼튼하게 뿌리를 내려 세 살이 되면 아름다운 꽃을 피우게 된다. 짙은 재스민 향의 흰 꽃이 일주일쯤 피었다 지고 나면 비로소 눈부시게 붉은 커피체리를 맺는다. 그러나 사실은 이때부터가 농부의 손길이 더욱 바빠지는 시기다.

커피나무가 어릴 때는 농부에게 키우는 일이 큰 문제가 되지 않는다. 또한 그 나무들이 몇 그루 채 되지 않을 때는 더더욱 그렇다. 농부들이 커피나무를 키우면서 가장 힘들어하는 부분은 병충해 문제다. 나뭇가지가 커지고 잎이 무성해져 커피열매가 맺히면 수많은 병충해와 싸워야 한다. 그렇지 않으면 나무의 기력은 점점 쇠약해진다. 벌레는 농장 안에서 겨울을 나며 전염과 번식을 되풀이하는 까닭에 해마다 그 수는 늘어나고 피해는 쌓인다.

오늘날에야 방제기술이 발달하고 신농약이 개발되어 대개는 피해를 막는다고 하나, 이는 형편 좋고 넉넉한 먼 나라 이야기다. 가난한 만큼 농부의 손길은 더 바빠지기 마련이다. 잡초 제거, 가지치기, 거름주기, 물주기, 햇빛 가리기…… 수확의 기쁨도 잠시다. 펄핑과 까다로운 건조 작업을 거쳐야 겨우 얇은 껍질만 남는 파치먼트가 된다. 그것도 이곳 모시지역에서는 8월부터 2월까지만 할 수 있는 벌이다.

커피 무게를 달고 난 뒤에 협동조합에서 곧바로 돈을 주는 것도 아니다. 차곡차곡 영수증이 쌓여 동네 사람들의 커피마대가 한 트럭 가득 찬

모시 협동조합의 창고는 이미 커피 수확
철이 지나 한가하게 비어있었다.
책상 위에 전표들이 널려있었다.

후에 커피콩은 이곳 창고에서 대형 커피밀Coffee Mill로 보내진다. 한참이
지난 후에 협동조합은 대형 커피밀로부터 돈을 받고, 또 한참이 지난 후
에야 조합은 그 돈을 농민들에게 나누어준다. 왜 이렇게 늦게 주느냐며
불평하는 사람은 없다. 오래전부터 그렇게 해오던 일이니 달리 생각해볼
도리가 없다. 다른 곳과 비교해본 적이 없으니 더더욱 그럴 수밖에……

　이곳 탄자니아는 엊그제 들렀던 케냐의 티카지역하고 확연히 비교된
다. 티카에서는 자본의 논리가 우선한다. 커피농장은 초기단계부터 잘
계획되어있다. 규모의 경제 개념을 적용한 대형화 농장, 기계화를 통한
작업능률의 향상과 생산력을 고려한 수간거리, 현대식 관수시설, 수송과
가공의 편의를 동시에 꾀한 농장과 밀의 일원화 등은 외형적으로 나타나
는 차이점들이다. 그리고 이미 케냐는 예로부터 전해 내려온 전통 시비
법을 계량했고, 토양에 적합한 다양한 커피 품종을 오랜 연구 끝에 확보
하고 있다. 이런 시스템과 기술력의 조화는 오늘날 커피산업에서 폭발적
인 시너지 효과를 발휘한다.

　이런저런 상념에 잠겨있는 내게 마리아는 한쪽 구석에 따로 보관 중

모시 협동조합에서 우리를 친절하게 맞아주었던 마리아와 가이드
인 마이클. 탄자니아 커피에 대한 낯선 이의 관심을 고마워했다.

인 마대를 풀어 커피 종자 한줌을 건넸다. 모시 마차메지역에서 재배한
아라비카 커피종자다. 서툰 영어로 그녀는 내게 선물이란다. 국경을 넘을
때 커피종자가 걸리지 않도록 조심하라는 말도 잊지 않았다. 대원들은 조
합창고에 아무렇게나 붙어있던 낡은 달력 몇 점도 기념으로 얻었다. 그녀
는 탄자니아의 이야기를 귀담아 들어주는 이방의 손님이 무척 고마웠던
모양이다. 촬영 내내 동네주민들 틈에서 웃음을 감추지 못하며 우쭐해했
다. 그런 그녀의 천진난만한 모습을 뒤로하고 우리는 발길을 돌렸다.

　　길은 아직 질척거렸다. 커피산지를 오가는 길가에는 무언가 비슷한
분위기가 있다. 커피가 지니고 있는 기운이라고 할까.
커피의 제왕으로 일컬어지는 자메이카 킹스턴
의 블루마운틴 마비스뱅크Marvis Bank 가는

마리아가 전해준 모시 협동
조합의 아라비카 커피종자.

길에서도, 포스트모던 혁명 혹은 마지막 근대혁명의 근원지라 불리는 멕시코 치아파스Chiapas의 첩첩산중 산크리스토발San Christoval 가는 길에서도 이런 느낌이었다.

세계적으로 유명한 커피산지는 고지대이며 습도와 기온이 대개 비슷하다. 토양이 기름지거나, 물이 넉넉하지는 않았지만 숲은 울창하고 유난히 붉은 빛깔의 화산석 자갈이 많았다. 그래서 유명한 커피산지 어느 곳을 가도 이렇듯 습습한 공기의 맛이 났다. 이 공기를 마시며 커피열매의 향이 깊어지는 것이다.

'커피 기운' 이라고 이름 붙인, 질척거리고 흐리고 차분한 분위기에 휩싸인 모시, 다른 커피 산지에도 이렇듯 습기를 머금은 풍경을 발견하곤 했다.

블라인드 컵핑 테스트

모시 타운에 들어섰다. 능글거리는 웃음과 느린 걸음의 운전수 마이클은 여전히 심드렁하다. 탐험대에게는 낯설고 신기한 이곳이 그에게는 일상의 공간이기 때문일까? 우리는 지나가는 사람을 붙잡고 탄자니아 커피위원회가 어디에 있는지 물어보았다. 제각각 이야기를 정리한 끝에 번화한 도심 로터리 한복판에 있는 카하와하우스Kahawa House를 찾았다. 현관에는 소총을 든 군인 셋이 방탄복을 껴입고 있었다. 경계의 눈빛, 고압적인 자세다. 1층에 국영은행이 있어 그런 모양이다. 커피위원회 방문과 책임자 인터뷰를 부탁했으나 현관 경비초소에서 마이클은 보기 좋게 거절당했다. 선약을 하지 않았고 책임자도 지금 없으니 내일 다시 오라 했다.

우리는 일정을 미룰 처지가 아니었다. 탐험대는 내일 에티오피아로 떠나야만 했다. 케냐에서 하루 지체되는 바람에 한국에서 세운 계획은 이미 뒤죽박죽되었다. 내일 한밤중이나 돼야 도착할 아디스아바바의 숙소는 큰 걱정거리였다. 아디스아바바행 편도 비행기 표는 일등석밖에 자리가 없다는 연락이 왔다. 옹색한 경비를 대원들에게 내색도 못하고 속으로만 전전긍긍하고 있었다.

그만 아루샤로 돌아가자는 마이클의 제의를 뿌리치고 경비초소로 달려갔다. 상대가 알아듣든 말든 또박또박 힘주어 우리가 왜 이곳 탄자니아에 왔는지 말했다. 우리의 취재가 분명 탄자니아 커피를 한국에 알리는 데 큰 도움이 될 것이라 설명했다. 그러나 한참을 떠들어도 끄떡없었다. 지푸라기라도 잡는 심정으로 2006년 방한한 키크웨테 탄자니아 대통령의 의전을 담당했던 외교관 디리아Samira A. Diria를 만났다고 이야기했다. 그리고는 경비원에게 그녀의 명함을 내밀었다.

경비원은 이곳저곳으로 분주히 전화했고 잠시만 기다리라며 3, 4층을 오르내렸다. 여느 때 같았으면 쾌재를 불렀을 일인데 긴장이 심해 아무 소리조차 낼 수 없었다. 마침내 4층의 리쿼링룸Liquoring Room으로 안내를 받았다. 지금이 오후 4시인데 그들은 업무가 4시 반이면 끝난다고 했다. 박 피디는 촬영 준비로 가쁜 숨을 몰아쉬었다.

리쿼링 책임자인 엘리아Elia A. Mikwaw는 낮은 목소리로 직원들에게 컵핑 준비를 지시했다. 다들 숙련된 솜씨로 차분히 움직였다. 어느새 박 피디의 카메라는 그들의 동작 하나하나를 담고 있었다. 탄자니아 커피의 특징을 소개해달라고 부탁했다. 익숙하다는 듯 비옥한 토양, 지나치지 않는 일조량, 풍부한 강수량, 연중 내내 커피재배에 적합한 기온을 자랑 스럽게 말했다. 커피산업 전반에 걸친 탄자니아 정부의 노력에 대해서도 그는 거침없이 설명했다.

소규모 재배가 대부분인 모시·아루샤 지역을 방문하여 농민들에게 기술개발을 지도하고 있으며, 정부산하 연구기관에서 고품질, 다수확을 위한 품종개량에 심혈을 기울이고 있다고 말했다. 아울러 지속가능한 영 농을 위해 환경보전 운동에도 힘쓰고 있다는 말을 잊지 않았다. 이미 두 지역을 둘러보았고, 또 그동안 다녀왔던 세계 각지의 커피농장을 떠올리 면서 그의 설명이 다소 공허하게 들리기도 했지만, 그 자부심만큼은 실 로 높이 살만했다.

모시 타운에 있는 카하와하우스.
이곳에 탄자니아 커피위원회가 있다.

자칫 문 앞에서 돌아갈 뻔한 탄자니아 커피위원회. 탐험대는
3층 계단을 오르며 속으로 쾌재를 불렀다. 그곳에서 만난 리
쿼링 책임자 엘리아.

한편에서는 테스팅 로스터가 분주히 돌아가고 있었다. 엘리아는 나지
막한 목소리로 커피 등급에 대해 자세히 설명하기 시작했다.

"탄자니아 커피는 크게 두 가지로 나눌 수 있는데 마일드 아라비카와
하드 아라비카가 있습니다. 앞에 있는 커피는 모두 탄자니아 마일드 아
라비카 커피입니다. 이것을 AA, A, AF, B, C, E, F, PB, TEX, TT 10단계
등급으로 나눕니다. A, B, C는 품질순입니다. 여기에 E는 Elephant, AF
는 A Float, TT는 B와 같은 크기이지만 상태는 떨어지는 것, C는 크기가
작아 주로 국내용으로 쓰이는 것, F는 전체적으로 Float, Tex는 최하위
등급을 뜻합니다."

내가 같은 AA 등급이지만 따로 분류된 원두를 가리키며 무엇이냐고
물어보았다. 그는 지역별로 나눈 것이라 말하며 내가 고른 원두는 부르
카지역에서 생산된 것으로 아주 좋은 신맛이 난다고 했다. 또다시 각각

로스팅 작업 중인 커피위원회 직원. 낯선 사람
들 앞이라서인지 표정이 사뭇 진지했다.

의 분류에서 깊이 들어가면 원두를 Fine, Good, Fair/Good, FAQ+,
FAQ, FAQ-, Poor Fair, Poor, Very Poor로 나눈다. 그는 촬영을 위해 각
등급에 맞추어 생두를 가지런히 앞에 두고 보여주었다. 상범과 의진이는
처음 보는 광경에 입을 다물지 못했다. 그에게 탄자니아에서도 로버스타
를 재배하냐고 물어보았다. 그는 탄자니아 서북지역 빅토리아 호수 근처
부코바Bukoba에서 인스턴트와 블렌딩용으로 주로 로버스타를 재배한다
고 알려주었다.

　친숙한 로스팅 냄새가 코끝을 스쳤다. 자마이카에서 보았던 브라질산
핀할렌스PinHalense 로스팅 기계를 이곳 탄자니아에서 만나니 새로웠다.
그리 강하지 않게 로스팅이 끝난 원두를 전자 저울로 정확히 무게를 쟀
다. 원두를 새하얀 컵핑용 자기컵에 담아 매우 잘게 그라인딩했다. 한소

커피위원회에는 커피원두를 크기별로 거르는 체가 있었다. 한국의 방식과 크게 다르지 않았다.

탄자니아 마일드 아라비카 원두는 품질과 크기에 따라 10등급으로 나뉜다.

끔 끓여 식힌 물을 천천히 컵에 부었다. 조수는 코를 가까이 가져가 향을 맡은 후 곧바로 기록했다. 다시 컵에 가득 물을 부은 후 가루가 완전히 가라앉기를 기다렸다. 테이스팅용 숟가락 두 개를 이용해 떠오른 거품을 걷어냈다. 서너 차례 '후루룩 츱츱' 하며 맛을 보았다.

원두를 볶을 때 콩이 튀고 터지는 소리를 들으며 "커피가 나를 부르는 소리"라며 흥얼거리곤 했는데, 이 '후루룩 츱츱'은 그 소리가 하도 기묘해 도저히 달리 표현할 길이 없다. 이탈리아의 어느 로스터는 팝핑 소리를 "커피가 노래한다"라고 말했는데 그가 얼마나 커피를 사랑하는 사람인지 짐작할 수 있다. 그는 뭐라 표현할까? 이 '후루룩 츱츱'을?

느닷없이 컵핑을 해보라며 엘리아는 내게 시음을 권했다. 커피를 두 잔 앞에 두고 각각의 특성과 우열을 가려보라는 일종의 블라인드 테스트다. 일순 긴장감이 돌았다. 카메라까지 돌아가고 있어 국제적인 망신을 당하지 않을까 염려되었다. 탄자니아 커피는 오래전부터 한국의 우리 공장에서도 써오고 있어 테스트에 별 무리가 없을 것 같지만 이곳의 커피 산지가 어디 한두 군데이던가? 몸 안의 모든 감각기관을 다 동원하려 애를 썼다.

'후루룩 츱츱' 목 안 깊숙한 곳까지 혀를 굴렸다. 그리고 찬물로 입을 헹궜다. 세 차례 컵핑을 하며 맛의 특징과 우열을 반신반의하며 말했다. 엘리아는 얼굴 가득 미소를 띤 채 AA와 B의 차이를 정확히 알고 있다며 힘주어 악수를 청했다. 가까스로 체면 유지는 한 셈이었으나, 사실 그 등급 차이가 너무나 분명해 커피에 조금만 관심 있는 사람이라면 누구나 맞출 수 있는 수준이었다.

이미 시계는 여섯 시를 가리키고 있었다. 좋지 않은 전력 사정 때문에 정전되기 일쑤인 이곳 탄자니아에서, 퇴근시간을 넘겨 일하는 경우는 매우 이례적이라고 마이클이 귀띔해줬다. 엘리아에게 탄자니아 커피산업

블라인드 테스트. 등급이 다른 두 잔의 커피를 가려내는 이 테스트에는 이방인의 식견을 알아보려는 엘리아의 의도가 담겨있었다.

커피위원회를 떠나며 이곳 직원들과 함께 기념사진을 찍었다.
탄자니아에서의 컵핑 테스트는 오래도록 잊지 못 할 것 같다.

에 대한 자료를 구할 수 있느냐고 물어보았다. 망설이던 그는 탄자니아
커피위원회가 매년 국제 커피 기구(ICO, International Coffee Organization)에
보고하는 귀중한 자료를 내 손에 쥐어주었다.

　여기에는 탄자니아에서 세계 각국으로 수출하는 커피의 양과 가격이
정확한 수치와 도표로 깔끔히 정리되어있었다. 한국이 수입하는 탄자니
아 커피의 양과 단가를 확인할 수 있었다. 수입량은 다른 나라에 비해 적
지 않은데 더 비싼 가격에 커피가 들어오고 있었다. 우리가 커피산업 전
반에 대해 잘 모르기 때문에 판매상과 적정한 가격협상을 하지 못한 결
과다. 우리 젊은이들이 바리스타뿐 아니라 커피시장 전반에 관심을 가져

주었으면 한다. 우리는 엘리아와 양국 간 교환학생에 대한 짧은 이야기를 나눈 뒤 탄자니아 커피위원회를 나섰다. 구름 속에서 능선만 겨우 보여주었던 킬리만자로가 못내 아쉬웠지만 커피위원회 방문으로 탐험대원들의 발걸음은 한없이 가벼워졌다.

모시 외곽의 킬리만자로 공항은 한적한 우리네 시골 시외버스 대합실 같다. 휑한 활주로는 햇살로 가득하다. 무거운 배낭을 잠시 내려놓는다. 부르카Burka 커피농장에서 본 아지랑이 속 나비의 군무群舞가 떠올랐다. 뙤약볕 아래 대지의 열기를 받으며 일하는 여인들 위로 나비 떼는 보석 가루를 뿌리듯 날아다니고 있었다. 그들이 농장에서 오전 7시 30분부터 오후 3시 30분까지 여덟 시간을 일하고 받는 돈은 고작 6000원가량이다. 화려한 나비 떼의 출현은 고된 삶을 비현실적 공간으로 바꾸기에 충분했다. 하지만 이마에 송골송골 맺힌 땀방울은 보석보다 더 아름답고 성스러웠다. 농장에서 잠시 쉬는 동안 우리는 농장 여인이 건네준 달콤한 수제 티를 맛볼 수 있었다.

이른 아침 찾아간 부르카 커피밀에서 박 피디는 손가락 세 개가 고물 지프차 문틈에 낀 채 닫히는 바람에 하마터면 중도에 촬영을 접어야 할 뻔했다. 선혈이 낭자한 그의 손을 부여잡고 어쩔 줄 몰라 하는 일행을 바라보며 그가 말한다.

"그래도 왼손이 다쳐 촬영은 문제없겠어요!"

탐험 내내 그를 괴롭힐 손가락의 고통을 알기나 하는지, 이 급박한 순간에도 서글서글한 웃음만은 여전하다. '사람의 본성은 위급한 순간에 나타나는 것'이라 누군가 말하지 않았던가?

마사이족과 한참 흥정해서 산 작은 커피그라인더를 만지작거린다. 오

탄자니아를 떠나기 전, 아루샤 근처 부르카
커피농장에 들렀다. 밑둥만 남은 커피나무에
새싹이 돋아나고 있었다.

랜만에 마음에 드는 물건을 사서 뿌듯하다. 탄자니아에서는 끝내 킬리만
자로 정을 만나지 못했다. 아루샤에서 풍문으로 들은 바로는 몇 해 전 이
른 새벽 외곽도로에서 교통사고로 세상을 떠났다 한다. 그 충격적인 소
식은 아직도 믿기지 않는다. 그는 먼 이국땅에서 퍽 외로웠을 것이다.

　　커피에 대한 전문적인 지식은 없었지만, 탄자니아 커피를 알리겠다는
일념 하나만으로 나를 찾아왔던 사람이었다. 그럼에도 커피 이야기를 할

때면 어디서 배웠는지, 아니면 들었는지 밤이 깊어가도 그칠 줄 몰랐고, 탄자니아 커피가 모두 자신의 것인 양 자랑스러워 했다. 여러 해 전이지만 짧지 않았던 그와의 만남이 새삼 그립다. 탄자니아의 소중한 추억을 애써 마음 한구석에 담아두었다. 추억은 잠시 접어두어야 할 때가 있는 법이다. 에티오피아행 비행기에 오르며 다시 한번 옷매무새를 가다듬었다.

ETHIOPIA 에티오피아

아프리카 커피의 으뜸주자인 에티오피아. 이곳은 꼬마 칼디가 처음 커피열매를 발견한 역사적인 공간이다. 아프리카 제일의 수출국답게 이제 커피농사에 있어서도 현대적인 재배법을 도입해 아프리카 커피의 희망이 되어주고 있다. 또 커피 세레모니, 커피의 성지聖地 조제 마을, 세계로 수출하는 바거러시 커피 공장, 소금커피와 버터커피 등 독특한 커피 문화를 간직한 나라이기도 하다. 아프리카 여행의 진수를 느낄 수 있는 위험천만한 커피 로드의 정점인 에티오피아로 떠나보자.

아프리카 커피의 희망을 보다

에티오피아 최고의 바리스타들

에티오피아의 수도 아디스아바바Addis Ababa의 동이 튼다. 그 옛날 아비시니아(Abyssinia, 아비시니아는 에티오피아의 옛 이름이기도 함) 고원을 넘고 홍해를 건너 남부 아라비아(지금의 예멘)와 메카Mecca에 이르기까지 세력을 펼쳤던 초강대국 에티오피아. 꿈틀대는 검은 대륙의 뜨거운 열기가 조용한 아침을 걷어내고 있다. 먼 길을 돌아온 느낌이다. 새벽의 푸른 빛, 따뜻한 아침기운, 낡은 담장과 낯선 열대식물. 바삐 오가는 얼굴들……. 이 모든 풍광이 이방인의 기웃거림을 반갑게 맞는다. 해발 3200미터인 엔토토Entoto 산 언덕 너머로 새로운 하루가 열린다. 과거의 영화를 상상하며 오늘의 옹색함을 바라보자니 안쓰러운 마음이 들었다. 하기는 그 옛날 유럽 각국도 이슬람제국의 한 변방으로 인식되지 않았던가? 역사의 페이지에는 영원한 승자도 영원한 패자도 없다.

우선 아프리카 바리스타들이 서로 실력을 겨루는 현장을 찾았다. 아디스의 유엔빌딩에서 열리는 동아프리카 파인커피 협회 주최의 제4회 아프리카 파인커피 컨퍼런스다. 여기에는 부룬디, 에티오피아, 케냐, 마다가스카르, 말라위, 르완다, 남아프리카공화국, 탄자니아, 우간다, 잠비아, 짐바브웨 이렇게 11개국이 참여한다. 이 행사는 서로의 커피생산지를 탐방하고, 커피품질의 향상과 생산력 증대를 위해 과학적 활로를 찾아보는, 아프리카 커피의 현주소를 알 수 있는 귀한 기회다.

한편에서는 바리스타 챔피언대회가 열린다. 우승자는 상금 250달러와 함께 7월 도쿄東京에서 열리는 세계 바리스타 챔피언십의 에티오피아 대표로 출전한다. 도쿄에서 열리는 대회는 바리스타 관련 행사 중 규모나 인지도 면에서 유명한 편이다. 카페라떼와 카페오레를 만드는 바리스타 한 명이 눈에 들어온다. 실력은 좋은 편인 듯하나 손목에 차고 있는 요란한 시계는 문제다. 바리스타에게는 청결이 생명이기 때문이다.

화려하지는 않지만 행사를 열심히 준비한 흔적이 이곳저곳에 묻어났다. 3그룹 반자동 이탈리아산 에스프레소 머신 두 대가 빛을 발한다. 중요한 국제대회에 나갈 선수를 뽑는 자리이므로, 대회장은 진지했다. 신중하게 커피를 만드는 출전자, 숨을 죽이며 바라보는 관중. 대회 운영진

도쿄에서 열리는 세계 바리스타 챔피언십에 참가할 사람을 뽑기 위해 열린 제4회 아프리카 파인커피 컨퍼런스.

챔피언십의 심사위원. 커피의 맛과 향 뿐 아니라, 청결도와 서빙 태도까지 심사 대상이다.

에게서 촬영 허가는 이미 받았고, 우리 일행 모두 촬영을 준비하느라 바쁘다. 12명의 본선 진출자는 대개 아디스아바바의 호텔 식음료 부문 베테랑들이다.

막 경연을 마치고 들어오는 '가부르'라는 남자와 인터뷰를 할 수 있었다.

"경연 도중에 물병을 그만 떨어트렸는데, 괜찮아요?"

"너무 큰 물병을 들고 가다 보니 실수했는데 괜찮습니다. 다만 시간이 너무 촉박해서 아쉬웠어요."

그는 W호텔에서 10년간 바리스타로 일했지만, 이 대회는 새로운 도전이라 했다. 경연을 하다가 실수를 했는데도 태연하다. 예선에서는 20분 안에 에스프레소 4잔, 카푸치노 4잔을 만들어야 하는데, 그게 제일 힘들었던 모양이었다. 본선에서는 15분 만에 4잔의 프리스타일 메뉴까지 더 만들어야 하는데, 예선에서부터 힘이 부쳐서는 곤란하다. 시간 안에 무사히 마쳤다는 안도감이 역력한 가부르에게 바리스타로서 중요하게 생각하는 점에 대해 물었다.

"바리스타는 전문 영역입니다. 질 좋은 커피, 신선한 우유, 커피머신 여기다 바리스타 개인의 인간적 매력이 합쳐져야 좋은 바리스타가 탄생

예선에서는 20분 안에 에스프레소 4잔, 카푸치노 4잔을 만들어야 한다. 인터뷰한 가부르는 물병을 떨어뜨린 실수를 했는데도 개의치 않았다.

합니다.”

심사위원들도 만나볼 수 있었다. 과테말라 커피협회 컨설턴트로 3년 간 일하고 있는 자원봉사자라고 소개한 심사위원 루키아 델루Roukiat Delrue는 2주 전부터 이곳 아디스에서 본선 진출자를 교육시켰다고 한다. 그녀는 심사기준에 대해 자세히 들려주었다.

“심사위원은 전체적인 진행을 총괄하는 한 명의 심사위원장과 두 명 의 기술 심사위원 그리고 네 명의 관능Sensory 심사위원 이렇게 총 7명으 로 구성됩니다. 기술 심사위원은 바리스타 가까이에서 숙련도·정밀 도·시간 등을 평가하고, 관능 심사위원은 커피의 모양·농도·맛 등을 평가해서 서로 합산합니다. 각 평가에서는 경연이 끝나는 대로 별도 심 사실에서 비공개로 합산 평가됩니다.”

“아프리카, 특히 에티오피아 바리스타의 수준은 어떤가요?”

가부르가 경연 때 준비해간 에티오피아의 수공예품. 아래는 커피 잔, 오른쪽 위는 커피 세레모니 때 사용하는 일종의 주전자인 지 베나, 왼쪽 위는 카푸치노의 우유 거품을 팝콘으로 나타냈다.

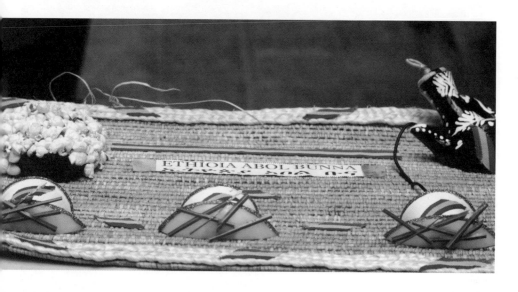

"2주 동안의 훈련 덕분에 이들은 수준이 매우 향상되었어요. 하지만 에티오피아가 커피의 고향인데도 바리스타 대회는 이번이 처음이죠. 국제적인 바리스타 수준에 다가가려는 에티오피아 바리스타들에게는 이것이 국제대회에 도전할 수 있는 매우 중요한 기회입니다."

루키아 델루 심사위원은 케냐 바리스타의 수준이 상당하다고 전한다.

바리스타의 역할에 대해 묻자, 기술부문 심사위원이자 심사위원장인 캐나다인 존 샌더스John Sanders가 열정적으로 답했다.

"어느 부문보다 중요합니다. 우리는 커피농가의 품질을 향상시키기 위해 노력하지만, 농가에서 아무리 잘 익은 커피체리를 골라내고 품질을 높여도, 여기다 로스터가 아무리 잘 볶아줘도 결국 좋은 커피를 만드는 데는 바리스타의 손을 거치게 되죠. 만약 바리스타가 그 역할을 제대로 해주지 않는다면, 모든 과정들은 헛수고입니다. 바리스타의 손끝에서 커피의 모든 것이 좌우됩니다."

우리나라에도 바리스타 대회가 자주 열린다. 하지만 개최목적에 대해서는 고개를 갸웃거리게 될 때가 많다. 기계회사나 원두 판매 회사들의 상업적인 목적이, 바리스타 선발 목적보다 우선한다는 느낌을 받을 때가 많다. 스폰서를 통해 언론에 노출되는 것이 최종 목표인 경우가 다반사다.

　바리스타 자체에 대해서도 샌더슨과 내 의견은 조금 다르다. 나는 바리스타를 꿈꾸는 후배들을 만날 때마다 이러한 이야기를 전한다. 우리가 일상적으로 마시는 커피는 우리 입에 올 때까지, 씨앗을 뿌리는 데에서 시작해 가지를 치고 거름을 주고 껍질을 벗기는 등 매우 복잡하고 오랜 과정을 거친다. 진정한 바리스타란 커피를 다루는 능숙한 기술뿐 아니라, 이 단계에 대해 잘 알고 있어야 한다. 인류 역사와 함께해온 다양한 커피 문화를 가슴에 담으려는 노력은 물론이다.

　그런데 오늘날 우리나라에서 커피를 배우려는 수많은 청년은 유능한 바리스타에만 관심을 갖는다. 이는 우리 커피업계의 미래를 위해서도 결코 바람직하지 않다. 일주일이나 열흘 과정을 듣고 바리스타에 대해 다

바리스타는 손님과 최전선에서 만나는 중요한 역할을 한다. 농부가 힘들게 재배한 커피원두와 로스터의 정성이 커피를 마시는 사람에게 전해지기 위해서는 무엇보다 바리스타의 역할이 중요하다.

커피의 일생

커피의 주원료인 원두는 커피열매의 과육과 내과피를 제거한 생두(生豆, Green Bean)를 구운Roasting 상태다. 커피 유통은 단순한 파종과 재배를 넘어서 보다 전문화된 과정을 포함하고 있다. 특히 과육 채취에서 발효를 거쳐 탈곡으로 이어지는 일련의 제조 과정과 로스팅, 섞기Blending 등의 단계는 커피만의 특별하고 전문화된 과정이다.

1
파종Seeding

6
수출·거래
Exporting & Trading

2
가지치기·재배
Pruning & Growing

7
대형도매상·제조업체
Wholesaler & Manufacturer

3
수확Harvesting

8
굽기·섞기
Roasting & Blending

4
제조Processing

9
분쇄·추출
Grinding & Brewing

5
집산, 등급 매기기Grading

10
음용Tasting

알았다고 생각하는 조급증도 문제다. 물론 바리스타는 고객과 최일선에서 만나는 사람들로 매우 중요하지만, 커피에서 유독 그 역할만 중시되면 안 된다는 말이다.

이러한 현상의 중심에는 일종의 '계량된' 바리스타를 양산해 카운터 전면에 배치시킨 '스타벅스식 커피 판매'가 있다. 커피가 우리에게 선사하는 직업의 세계는 넓고 깊다. 바리스타는 물론 재배·수확·밀링·트레이딩 등 커피 업계 전 분야에 도전장을 내밀 수 있다. 트레이딩은 커피 거래와 관련된 영역이다. 커피 가격은 옥션에 따라서도 좌우되지만, 뉴욕 상품 거래소(NYBOT, New York Board of Trade) 같은 선물시장에서도 결정되기 때문에, 우리나라 청년들이 그러한 곳에 진출할 경우 커피를 사들이는 공급가격의 측면에서도 더 많은 이점을 볼 수 있다.

커피박물관에서는 로스터와 바리스타 직원을 상시적으로 채용한다. 인터뷰 때는 제일 먼저 '왜 커피를 배우려 하는가' 하는 질문을 던지는데, 대개는 '열심히 배우고 돈을 모아 작지만 나만의 커피전문점을 만들어보고 싶다.'고 답한다. 물론 정답이 있지는 않지만, '우리나라, 나아가 세계 커피산업에 기여할 수 있는 큰 인물이 되고 싶습니다.'라는 포부 넘치는 말을 기대하는 것은 내 지나친 욕심일까?

오늘날처럼 자유분방하고 자신의 주장과 요구가 뚜렷한, 더 나아가 너무나 현실적인 젊은 친구들에게 고리타분한 삼국지식 대답을 들으려하니 무리일 수도 있겠다 싶다. 커피탐험을 함께한 의진이나 상범이만 봐도 커피보다는 여행 자체가 주는 즐거움을 누리는 데 더 관심이 많다. 커피의 원류를 찾겠다는 투철한 의지를 밝히는 내가 겸연쩍을 정도로 너무 발랄해서, 가끔은 서운할 정도다. 나이 차이도 많고 성별도 다른 이들이 함께 모여 아프리카를 건너려니 어쩌면 당연한 일이 아닌가 싶지만 말이다.

일본 UCC커피의 우에시마 사장

누군가 한창 촬영하느라 바쁜 박 피디의 어깨를 두드렸다. 뒤에서 보기에도 동양인이 틀림없다. 일본어가 서툰 박 피디는 당황한 표정이 역력하다. 반가운 마음에 다가가니, UCC커피의 우에시마上鳥 사장이다. 처음으로 작은 커피점을 낸 뒤에 일본 고베神戶에 가서 UCC커피박물관을 보았을 때, 나는 놀랄 수밖에 없었다. 규모와 체계적인 시스템에도 놀랐지만, 기업에서 오랜 시간 공을 들여 이러한 사업을 벌인다는 점이 더 신기했다. UCC는 내 추억의 울타리 안에 고스란히 머물고 있다. 아직도 박물관 사진들이 빼곡히 차있는 낡은 앨범을 고이 간직하고 있다. 커피박물관의 꿈을 갖게 해준 이가 바로 UCC의 우에시마 사장이다.

이십 년 동안 커피와 함께 일해오면서 우리나라 대기업이 벌이는 일들에 눈살을 찌푸릴 때가 한두 번이 아니었다. 조금 단정적으로 말하자면 우리 대기업은 사람들이 커피를 즐길지언정, 커피에 대해 잘 알기를 원하지는 않는 듯하다. 지금은 형편이 많이 좋아졌지만, 우리나라 커피 소비의 대부분을 차지하는 인스턴트커피는 커피종자 가운데서도 가장 질이 낮은 로버스타 원두를 사용한다. 이러한 정보가 소비자의 귀에 들어가는 것을 반길 리가 만무하다.

UCC커피박물관의 우에시마 사장이 환하게 웃으며 악수를 청한다. 세월은 흘렀지만 여전히 혈기왕성한 청년 같은 모습이다. 한창 커피 공부를 시작할 무렵 몇 번이고 들춰보았던 잡지에서 보았던 인물을 지구 반대편 에티오피아에서 만났다. 실로 우연한 만남이다.

커피탐험대 이야기, 2006년 8월에 문을 연 커피박물관 이야기를 들려준다. 코나의 UCC농장에 자주 들렀고, 자메이카 블루마운틴의 UCC클레이턴스Claytons 농장도 방문했다는 이야기를 들려주자, 놀라는 기색이었다. 그에게 UCC가 바라보는 아프리카 커피산업에 대해 인터뷰를 청했다.

"네, 지금 아프리카 커피산업은 매우 빠른 속도로 성장하고 있습니다. 생산량과 품질 모두 좋아지고 있지요. 예전에 커피 하면 중남미였고, 아프리카는 로버스타종이라 이미지가 별로 좋지 않았지만, 지금은 아라비카 종으로 변하고 있어요. 일본에서는 주로 중남미에서 아라비카 커피를 구입했지만, 지금은 아프리카로 돌리는 중입니다. 아프리카, 특히 동아프리카에서 질 좋은 아라비카 커피가 나기 때문이죠. 특히 저는 오래전부터 아프리카 커피에 관심이 많았습니다."

사무실보다 밖으로 다니는 시간이 더 많다는 우에시마 사장. 대기업 사장이면서도 요란한 수행원을 몰고 다니는 일은 없다. 세계 어느 커피 산지를 가보아도 일본인의 발길이 미치지 않은 곳이 없다고 하면 너무 지나친 말일까? 적어도 지금까지

일본에서 커피박물관을 운영하고 있는 우에시마 사장. 사진 속에서 보았을 때보다 몸은 늙었지만, 아직 청년처럼 눈빛만은 살아있었다.

내가 보아온 세계 구석구석의 커피산지에서는 틀린 말이 아니다. 어쩌면 에티오피아 아디스아바바에서의 만남은 우연이 아닐지도 몰랐다.

"짐마에서 지부티로 홍해를 건너 모카 항으로 그리고 터키까지 그 옛날의 커피역사 발자취를 찾아가는 중입니다. 아프리카 커피의 역사와 문화를 우리나라에 소개하기 위해서죠. 같은 아시아인으로서 사장님은 이에 대해 어떻게 생각하십니까?"

"커피는 원래 약으로 쓰이다, 지금은 음료로 사용됩니다. 어떤 때는 몸을 해친다고 했다가 지금은 건강에 도움을 준다고 말하죠. 옛것을 공부하면 미

에티오피아에서 가장 큰 규모의 무역회사인 모프라코의 지오갈리스 사장.

래의 새로운 방향을 알 수 있습니다. 커피도 마찬가지죠. 웃음과 대화, 평화, 친구를 만들어주는 커피의 본모습을 보게 되리라 생각합니다."

우에시마 사장은 "커피는 내 심장이며 영혼이자 역사입니다. 나의 모든 것입니다."라는 말을 남긴 채 종종걸음으로 사라졌다. 한 시간 남짓의 짧은 시간이었지만 내게는 오랫동안 잊지 못할 소중한 순간이었다. 에티오피아의 거대 무역회사 모프라코Moplaco의 지오갈리스Yanni Georgalis 사장도 소개받았다. 하라르에 갈 계획이라고 하자, 디레다와(Dire Dawa, 에티오피아 동부 고원의 도시)에 자리한 자신의 공장에 꼭 들르라고 말했다.

이곳저곳을 다니느라 모두들 파김치가 되었다. 컨퍼런스를 주최한 측에서 저녁파티 초대장을 건넨다. 어둑어둑해질 무렵, 시내로 들어선다. 이제야 비로소 아디스아바바를 가까이서 봤다. 남루한 행색의 사람들, 작고 낡고 초라한 집들, 푸른 러시아제 라다 택시, 매캐한 매연. 사람들이 모이는 곳이면 어김없이 나타나 빈손을 내밀고는 "기브 미 원 달러 Give me one dollar."를 외치는 맑은 눈망울의 아이들. 세계가 공통의 과제로 삼아야 할 빈부 격차를 절감한다.

우뚝 솟은 현대식 건물의 파티장은 오랜 역사보다는 눈앞에 닥친 현실과 다가올 미래를 우위에 둔 선택의 결과물이다. 형형색색의 조명이 실내를 휘감고 있다. 밴드는 현란한 몸짓으로 아프리카 노래를 부른다. 흥에 겨워 다들 어깨를 들썩인다. 일행들에게 편히 즐기라 당부해보지만 익숙하지 않은 눈치다. 세계 각국에서 온 실로 많은 커피 관계자들을 만날 수 있는 시간이었다.

낮에 대회장에서 만난 루키아와 샌더슨은 이미 와인 몇 잔에 흥이 돋아있었다. 대회장에서의 근엄함은 온데간데없었다. 사람들은 한국 커피 시장에 대해 많은 관심을 나타냈다. 일본의 커피회사 사장인 호리구치 사장과도 반갑게 인사한다. 일본인 청년 몇몇이 눈에 띈다. 다시 우리 젊은이들의 미래를 생각하지 않을 수 없다. 굳이 우리 탐험의 의미를 되뇌지 않더라도, 넓고 큰 세상을 바라보라고 당부하고 싶다. 낯선 곳에서 뜻을 같이하는 우리 젊은이들을 만나면 얼마나 힘이 될까? 그들과 나눌 대화는 밤이 새도 그치지 않을 것이다. 이런저런 생각들에 취한 발걸음이 아디스의 허름한 숙소로 향한다.

커피의 탄생지, 짐마

아프리카에 발을 디딘 지 열흘이 훌쩍 지났다. 이미 행색은 현지인과 크게 다를 바 없다. 비행기로 가면 한 시간이면 충분할 곳을, 800년경서부터 나귀 등에 업혀 홍해로 향했을 커피의 발자취를 따라 고물 지프로 달렸다. 커피의 고향으로 가는 길은 멀고 험하다. 새벽부터 서둘러 아디스아바바를 출발해 점심시간이 지났는데도 아직 중간지점인 기베Gibe 강조차 도착하지 못했다. 구름 한 점 없는 하늘에는 태양만이 무자비하게 이글거린다. 숲은 물론 나무 한 그루도 귀하다. 국토 전체가 고산지대에다 사철 좋은 기후를 감안한다면 잡초라도 무성할 법한데 민둥산은 아디스아바바를 벗어날수록 더 눈에 띈다.

　비좁고 남루한 지프가 요란하게 덜컹거린다. 창문을 온통 열고 달리

커피 발생지인 짐마로 가는 길에 지나는 기베 협곡.
풀 한 포기가 드문 민둥산이 대부분이었다.

한국에서 갈고닦은 의진이의 풍선 솜씨
가 드디어 에티오피아에서 빛을 발했다.
풍선으로 만든 기린을 들고 있는 소녀가
환하게 웃었다.

지만 대지에서 뿜어 올라오는 열기는 숨을 턱턱 가로 막았다. 운전수 덕택에 무슬림 찬송가인 듯한 알아듣지 못할 음악을 내내 듣고 있다. 요란한 경적소리는 시가지를 벗어났는데도 잠시도 쉬지 않았다. 저러다 도착 전에 배터리가 모두 방전되지나 않을까? 노새, 말, 염소, 사람 그리고 인력거와 자전거, 우마차, 온통 먼지와 함께 뒤범벅이다.

앞자리에 세 명이 끼어 앉아 책을 읽거나 할 형편이 못된다. 박 피디의 손가락은 다행히도 잘 견뎌주고 있지만 일행 모두 강행군에 지친 기색이 역력하다. 시바여왕에서 시작된 고대왕국의 찬란한 영화를 이어받은, 단 한 번도 강대국의 식민지가 되어본 적이 없는, 서력보다 7년 늦어 2007년이 뉴밀레니엄이라고 말하는 나라. 아프리카 중에서 유일하게 고유문자가 있는, 원시림과 야생동물의 천국 에티오피아!

그런데도 에티오피아 하면 이제 굶주림에 뼈만 남은, 올챙이배를 한 채 보석같이 아름다운 눈으로 바라보는 소년이 떠오를 것 같다. 이웃한 소말리아 접경지역에서 끊이지 않는 무력충돌, 이를 피해 모여드는 난민들……. 도저히 같이 어울릴 수 없을 것 같은 모습들이 한데 뒤섞인 곳이

바로 에티오피아다. 기베 협곡의 장관이 눈앞에 펼쳐지지만 눈에 들어오지 않는다.

풍광이 확연히 달라졌다. 해발 2000미터를 넘어섰는데도 군데군데 커피가 자라고 있다. 아라비카 커피는 해발 1800미터 이상 자라지 않는다는 게 이론이지만, 역시 현실은 그렇지 않았다. 바나나 잎이 보이면 어김없이 그 아래로는 커피나무가 자랐다. 반가운 친구를 만난 듯 지나치는 농부들을 향해 외쳤다. 살람salam!

의진이와 상범이는 강기슭의 아이들과 함께 놀고 싶다며 잠시 차에서 내렸다. 에티오피아 말도 배우고 한국말도 가르쳐주느라 서로 웃고 야단이다. '사랑합니다', '너 이쁘다' 같은 한국말을 가르쳐주니 '이쉬(좋아요)', '아메세게날로(고마워)' 같은 말을 알려준다. 의진이가 비장의 무기인 풍선을 꺼내 기린을 만들어준다. 초롱초롱한 눈으로 바라보는 에티오피아 아이들의 모습을 상범이가 부지런히 사진으로 담는다. 떠날 시간이 되자 의진이는 자꾸 아이들을 돌아보며 아쉬워한다.

"날씨도 굉장히 덥고 아이들이 많은데 다 못해주고 가서 마음이 아파요. 더 놀아주고 싶은데 시간이 많지 않아서 미안하네요."

이미 해는 서편으로 저물었다. 험한 산길을 넘고 넘으면, 어느 순간 갑자기 야생커피 가득한 커피의 고향 짐마의 절경이 환하게 펼쳐질 생각을 하니, 가슴이 뛴다. 오래전부터 그리도 꿈꾸어오던 커피의 고향 짐마 가는 길이 아니던가?

커피박물관에 들어서면 제일 처음 "커피의 고향은 아프리카 에티오피아의 짐마입니다."라는 말을 듣는다. 매일 수차례 귀가 따갑도록 말하고 듣는 이름이다. 거친 돌멩이 하나, 흙먼지 한 줌, 매캐한 매연마저 놓치고 싶지 않다. 그런 마음에도 길은 계속 험해진다. 급경사인 흙길에 움푹 파인 물웅덩이, 가끔씩 미친 듯이 달려드는 반대편 덤프트럭……. 짐마에 도착한 것은 결국 해가 다 지고 나서다.

그 다음 날 새벽 6시가 채 안 된 시간인데도 밖이 소란스럽다. 한밤중에 들어간 숙소여서 잘 몰랐지만 아침에 일어나서 보니 버스터미널 앞이다. 어김없이 사람들은 바삐 움직인다. 밤새 많은 비가 내려 땅이 축축하다. 흙길인 탓에 물웅덩이가 곳곳에 나있다. 간밤에는 잠도 제대로 자지 못했고, 왼쪽 눈도 뜨기 힘들었다. 자동차 매연과 심한 흙바람 때문에 눈

노새에 짐을 실은 에티오피아 주민들은 잘 닦인 도로를 '피해' 자갈길로 걸어간다. 자동차가 질주하는 이 도로가 주민들에게는 달갑지 않을지도 모른다.

에 상처가 난 모양이었다.

　몸이 천근만근이다. 아직 갈 길이 먼데 덜컥 겁이 난다. 짐마에서 온전한 병원을 찾기는 어려워 보인다. 나머지 일행에게 몸조심하라는 소리를 입버릇처럼 하다가 막상 내가 이렇게 되니 난감하기 짝이 없었다. 그렇다고 어제 그 고생을 하고 이곳까지 와서 다시 아디스로 돌아갈 수도 없는 노릇.

　출국 전 국립의료원에서 난생처음 4대 예방주사를 두 팔에 한꺼번에 맞고 이제 건강 걱정은 안 해도 되겠다며 으쓱해하던 일이 생각나서 부끄

몸이 아픈 가운데서도, 운무에 휩싸인 짐마 산의 광경은 깊은 감동을 주었다.

럽기 짝이 없다. 선택의 여지없이 7시에 숙소를 나선다. 그리도 그리던 짐마 산의 장관을 코앞에 두고 노구를 지프에 싣는다. 차창을 타고 들어오는 상큼한 풀냄새에도 가슴이 아프다. 갑자기 고맙고 정겨운 이들의 얼굴이 하나둘 떠올랐다. 보지 못하니 더욱 선명하게 그려질 밖에.

흔들리는 차 안에서 얼마나 잠이 들었을까? 일행들의 감탄사에 눈을 떴다. 짐마 산을 짙은 운무가 감싸고 있었다. 겹겹의 산은 스스로 감추어 둔 신비로움을 서서히 드러낸다. 가히 절경이다. 산 아래는 끝이 보이질 않았다. 지프로도 더 이상 올라가지 못하는 높이다. 건너편 야트막한 동산 아래로 첨탑 두 개가 솟아있는 푸른 모스크가 어슴푸레 모습을 보인다.

금방이라도 소년 칼디가 나타나 환호하며 한걸음에 수도승에게 달려가 커피열매의 발견을 알릴 듯하다. 감격이 밀려들었다. 처음 온 곳이지만 전혀 낯설지 않은, 언제 어디선가 꼭 와본 듯한 그런 느낌이었다. 마음이 편안해진다. 고통스러웠던 새벽녘의 몸 상태는 어느새 말끔해져있다. 상범이 어머님께서 당신 아들을 위해 챙겨주신 홍삼 여러 뿌리를 먹어치운 덕분일지도 모른다.

모스크의 문지기 할아버지가 반갑게 맞는다. 소박한 시골 모스크는 대도시와 사뭇 다르다. 어디서도 화려함이란 찾아볼 수 없어, 색다른 정취가 느껴졌다. 지도 속 보물섬을 찾듯 이곳저곳을 살폈다. 뒤뜰의 나뭇가지에는 잎이 하나도 남아있지 않다. 염소와 양들은 이미 나뭇잎을 섭렵하고는 바닥의 풀들만 뜯고 있다.

목동 칼디는 예닐곱 살밖에 되지 않았을 것이다. 장난감도 따로 없는 이곳에서 형제들은 저마다 할 일이 정해져있다. 덩치 큰 소를 돌보는 일은 마땅히 열서너 살 형의 몫이고, 온순하고 겁 많은 염소와 양은 소년

짐마 산 근처의 모스크. 커피 열매를 처음 발견한 칼디는 이곳으로 달려와 수도승에게 알렸다.

칼디의 몫이었을 터다. 그뿐인가? 하루 종일 같이 놀아줄 유일한 친구다.

집 가까운 곳의 풀과 나뭇잎은 이미 자취를 감춰 일찌감치 아침을 인제라(Injera, 에티오피아의 주생산물인 테프teff 밀가루로 만든 얇고 평평하며 둥근 모양의 전통 빵), 염소·양젖으로 때운 소년 칼디는 녀석들을 데리고 뒷산 먼 언덕길을 오른다. 작은 작대기 하나면 충분하다. 이름 모를 열매나 잎을 따먹으며 점심과 간식을 대신한다. 드러누워 하늘과 대화를 한다. 해질녘까지가 노는 시간이다.

그런데 갑자기 녀석들 중 몇몇이 날뛰고 있다. 무슨 일인가 달려가 보니 탐스럽게 열려있는 빨간 열매를 따먹고 있다. 칼디도 다가가 주저 없이 맛을 본다. 상큼한 단맛이 난다. 숨이 가빠지고 콧노래가 절로 나온다. 놀란 가슴을 쓸어내리며 소년 칼디는 녀석들을 데리고 마을의 중심인 모스크로 달려갔다. 지금 보이는 저 모스크가 바로 그곳이다. 혹 그

짐마에서 만난 사람들. 그 옛날 소년 칼디의 모습을 곳
곳에서 만날 수 있었다. 염소와 양과 더불어 삶을 꾸리
는 그들의 모습은 자연 그 자체였다.

양고기와 인제라. 손으로 집어서 먹는데, 아프리카에서는 손님에게 먹여주는 것이 예의라 받아먹어야 했다. 향이 역해서 먹기가 쉽지 않았다.

옛날의 표식이 있을까 구석구석을 더듬지만 1200년 전의 흔적은 어디에도 없다.

차를 돌려 짐마의 야생커피가 밀집한 예보Yebo마을로 향한다. 야생의 숨결이란 무엇인가? 나무와 풀과 잡초의 씨앗을 저절로 품고 싹트게 하고 밀어 올리어, 마침내 꽃을 피우고 열매를 맺게 하는 거대한 자연의 힘이다. 짐마가 야생은 물론 커피 재배산지로 자리 잡은 데는 필시 그럴만한 이유가 있으리라.

짐마의 옛 지명은 카파Kaffa로 여기서 '커피coffee'라는 이름이 유래되었다. 짐마는 해발 1300미터에서 2100미터 사이의 고산지대로, 상해피해가 없는 최저기온에 더운 날도 30도를 넘지 않아 늘 쾌적하다. 강수량은 1600밀리미터로 커피뿐 아니라 곡류도 잘 자라 '에덴의 정원'이라 불리기도 한다. 마을이라 해야 길을 따라 이어진 몇 채뿐. 그 길을 따라 언덕 너머 좌우로 야생커피꽃이 흐드러지게 피어있다. 하늘을 향해 곧게 뻗은 무성한 열대 원시림이 어지럽게 줄지어있다. 겨우 손톱만 한 크기의 꽃들이 지천에 널려있다. 때 묻지 않은 태곳적 아름다움은 그대로다.

아프리카는 물론 여러 곳에서 보아왔던 노지재배 커피와 야생커피는 외부 환경에서부터 큰 차이를 띠고 있다. 기온과 일교차, 토양 수분, 풍량, 햇빛 등은 영양분을 만들고 호흡하는 데 직접적으로 영향을 끼친다. 그중 햇빛은 특이할 만하다. 야생커피는 주위 원시림과의 자연적 공조로 지나친 일조량을 피하고 있다. 셰이드 그로운의 자연조건을 인위적으로 만들어주는 셈이다. 이러한 조건에서 오랫동안 자라다 보면 커피잎은 음엽화陰葉化해 두께는 얇아지고 넓어진다. 그리고 엽록체의 구조 역시 산란광을 포착하기 쉬운 상태로 변한다.

흙을 한 줌 쥐어봤다. 나뭇잎으로 덮인 흙은 얼른 보기에 건조해 보였으나 매우 부드럽고 탄력 있었다. 토양을 분석해볼 방법은 없지만, 인위적 손길이 닿지 않은 점으로 미루어, 광물질, 유기물, 공기, 물 등이 적절한 조화를 이루었을 듯하다. 무게와 질감으로 보니, 토양수분과 공기도 이상적으로 조화되어있었다.

수확기가 아닌 탓에 열매를 볼 수 없어 아쉬움이 컸다. 세계 커피시장에서 짐마 커피, 특히 야생커피는 그리 높이 평가되지는 않는다. 커피나무나 열매의 품질보다는 수확 후 처리과정에 더 큰 문제점이 있다. 커피의 가공과정을 계량화·선진화하는 일이 중요한 이유가 여기 있다. 이는 인도네시아의 토라자Toraja 커피를 통해서도 알 수 있다.

1972년, 일본 키Key 커피는 2차 세계대전으로 황폐해진 토라자 지역의 커피를 복원하기 위해 힘겨운 노력을 기울인 결과다. 경제적 지원을

에티오피아의 농가. 농법의 현대화ㆍ계량화는 에티오피아의
빈곤을 해결하기 위해서도 시급한 문제다.

통해 주민들의 지지를 받고, 경작·수확 방법을 꾸준히 교육하기를 20년. 마침내 고급의 토라자 커피가 생산되었고, 일본에서는 이를 가공해 '키 커피'라는 이름을 붙여 수출한다. 그래서 많은 사람들이 토라자 커피를 일본 커피라고 생각한다.

이러한 방식으로 일본은 커피산업에서 거대한 돈을 벌어들인다. 일본이 만든 토라자 커피는 국제적으로도 수요가 높다. 이렇듯 아무리 원두가 좋더라도 가공방법이 선진화되지 않으면 시장성을 보장할 수 없다. 물론 에티오피아도 정부·학계는 물론 커피업계 모두가 산업 전반에 걸친 힘겨운 노력을 기울이고 있으므로, 제법 시간이 흐르면 좋은 결과가 나타날 것이다.

사실 이곳 짐마에서 본 야생커피는 에티오피아 커피의 아주 작은 일부다. 에티오피아 커피는 야생커피, 반半 야생커피, 농가 재배커피, 농장 재배커피로 나뉘며 이들 중 95퍼센트는 유기농 재배다. 이곳으로 오기 전 에티오피아 하라르Harar 커피를 십수 년간 로스팅해왔는데도, 이렇듯 세분화된 분류가 있으리라 생각하지는 못했다.

북한강가 온실에서 탄산가스와 싸우며 새우잠을 자고 있을 나의 커피나무들이 안쓰럽다. 모든 요소가 자연적인 짐마 커피와 정반대인 북한강가……. 강원도 어느 두메산골에 커피나무를 키워보겠다는 내 꿈은 정말 꿈으로 그치고 말까? 커피의 고향 짐마에서 야생커피와 함께하는 시간이 꿈결처럼 흐르고, 호기심 가득한 동네 아이들이 몰려든다. 꿈을 현실로 만드는 힘은 대체 어디에 있을까?

아프리카에는 '커피'가 없다

에티오피아에서는 커피를 '분나Bunna' 또는 '부나Buna'라 한다. 짐마의 야생커피를 찾아 헤매다 돌아오는 길에 한 농부에게 무심코 '커피'라 말하자, 그는 내게 불쾌감을 감추지 않고 "커피가 아니라 분나."라며 다시 한 번 힘주어 말한다. 누구는 분나가 원두를 뜻하는 '빈Bean'에서 유래 됐다고 말하기도 하고, 누구는 카파 북부의 지역명 '부노Buno'에서 왔다고 하기도 한다.

커피와 더불어 지내오는 지난 20여 년간 커피의 역사나 유래 등과 관련해 책이나 인터넷을 통해 무수히 떠도는 이야기를 많이 보아왔다. 여기에는 영어, 일본어를 맹목적으로 번역하다 일어난 오류들도 많았다. 바로 이 여행에서 그러한 이야기가 사실인지 확인해볼 수 있을 것이다.

새벽부터 서두른 덕에 늦지 않게 짐마대학에 도착한다. 캠퍼스는 산

에티오피아 최고의 짐마농대. 고즈넉한 산 중턱에 자리잡고 있다. 농업기술을 현대화하려는 에티오피아 정부의 의지가 분명히 드러나는 장소다.

짐마농대의 아두나 학장.
에티오피아의 농업 발전
을 위해 힘쓰고 있는 그
는 커피의 본래 이름이
'분나'라고 설명했다.

중턱에 오밀조밀하게 모여 바깥세상의 혼잡스러움과는 철저히 단절되어
있다. 쾌청한 하늘 아래 황톳길이 아름답게 펼쳐졌다. 하늘 높은 줄 모르
고 솟아있는 나무 전봇대의 열병, 늘어진 전선, 칠이 벗겨져 붉게 녹슨
함석지붕의 인문대 강의실, 하얀 페인트로 단장한 벽돌담, 어디를 가든
만날 수 있는 친절한 미소. 에티오피아 최고의 짐마농대를 둘러보는 일
은 원예학을 공부하는 나에게는 가슴 벅찬 일이다.

오늘날 법학·의학 등 10개의 단과대학으로 성장한 짐마대학은 1952
년에 농대가 최초로 설립되었다. 경비실에서 확인 절차를 거친 후에야
짐마 농대의 아두나Dean Dhuguma Adugna 학장과 인사를 나눌 수 있었
다. 한눈에도 사람 좋은 인상이다. 온화한 미소와 다정한 눈빛이 나이가
들수록 닮고 싶은 모습이었다.

그는 캐나다의 한 연구소와 손잡고 수년간 수행해온 고품질 커피생산
프로젝트에 대해 들려준다. 손수 제작한 15분짜리 영상자료에서는 에티
오피아 커피산업 전반에 대한 소개와 커피 프로세싱의 합리화 계획이 담

겨있다. 케냐를 벤치마킹해 농장과 밀이 하나가 되어 합리적으로 운영되는 방식에 대해서다. 짐마는 원시지배 형식으로 농가가 따로 떨어져있는데, 밀을 확충해 이를 일원화하는 방법을 고려하고 있었다. 물이 귀하고 주로 집에서 따로 가공이 되니 품질이 균일하지 않았는데, 이를 대형 단위로 묶어 커피 가공과정에 새 바람을 불어넣을 계획인 것이다. 정부나 유관기관에서 수행하는 농민 교육프로그램을 보고 있자니, 과거 우리의 새마을 운동을 떠올리게 되었다. 30여 년 전의 우리 모습과 하나도 다를 게 없다.

"왜 에티오피아에서는 커피를 커피라 하지 않고 '분나'라 부르지요?"

"'분나'는 커피를 부르는 현지어입니다. 우리는 커피라고 부르지 않습니다. 커피의 이름이 '카파Kaffa'라는 지역명에서 온 것은 틀림없습니다. 커피가 처음 발견된 곳이지요. 그렇지만 '분나'는 커피를 칭하는 우리 고유의 언어입니다."

"분나는 빈bean에서 왔다는 얘기도 들었습니다만?"

"빈은 커피빈을 얘기할 때 쓰는 말이지만, 우리는 볶은 커피, 분쇄한 커피, 끓인 커피 모두를 '분나'라 부릅니다. 커피의 오리지널 네임은 '분나'입니다. 모든 에티오피아 사람들은 커피를 분나라 부르지요. 영어로는 커피라고 하지만, 커피를 최초로 발견한 우리 에티오피아 사람들은 분나라고 합니다."

아두나 학장의 말에는 공감할 수 있는 강한 신념이 깔려있다. 그의 말을 듣는 내내 국제사회에서 우리 '김치'가 '기무치'로, '인삼'이 '진생'으로 불리는 일이 떠올랐다. 우리처럼 그들도 '커피'라는 명칭에 그러한 섭섭함을 느끼고 있으리라는 생각이 든다. 하기야 왜 '김치'를 김치라 부르는지, 왜 '인삼'이라 부르는지 누군가가 내게 묻는다면 뭐라 답할 수 있을까? 김치는 왜냐고 할 것도 없이 그냥 김치다. 분나니까 그냥 분나라 부르는데 무슨 이유가 따로 있겠는가?

세상 사람들이 모두 커피라 불러도 커피의 고향 에티오피아에서는 분나다. 여전히 궁금증이 꼬리를 물지만 계속 분나의 유래만 붙들고 있을 수는 없다. 사실 에티오피아 사람 모두가 커피를 '분나'라고 부르지는 않는다. 에티오피아는 70여 종족이 200가지 이상의 언어를 사용하는 다민족 국가로, 커피가 대다수 에티오피아인들이 사용하는 암하라Amhara어로는 '분나Bunna'이지만, 오로모Oromo어로는 '부나Buna'이며, 티그레Tigre어로는 '분Bun', 케피초Kefficho어로는 '보노Bono'다.

"이곳 짐마의 옛 지명이 카파였다고 알고 있습니다. 언제 어떻게 변하게 됐나요?"

"서양에서 말하는 커피는 카파에서 유래되었습니다. 예전의 카파는 하나의 왕국이었는데, 이 왕국의 수도가 짐마였지요. 1942년, 짧았던 이탈리아 식민정부 시기에는 카파도道가 되어 짐마·기베 등 인근 지역을 편입했습니다. 1995년 정부의 신행정구역 개편에 의해 카파도는 없어지고, 오로모주州 12개 행정 구역 가운데 하나인 '카파지역'이라는 이름으로 불리고 있습니다. 짐마는 이 지역 행정중심지로 지금은 짐마시와 카파지역 등으로 구분되어있으며, 두 곳 모두 커피를 재배하는 최적지로 손꼽힙니다."

커피가 '힘'을 뜻하는 아랍어 '카베Kaweh'나 '카하와Qahwah'에서 왔다는 주장이 있다는 나의 질문에 그는 정중하면서도 단호히 그렇지 않다고 답한다. 덧붙여 커피의 고향이 에티오피아의 카파지방이며 물자교역으로 아라비아 반도로 건너간 후 이슬람의 전파를 따라 유럽 전역으로 퍼져나갔다고 설명한다. 아랍인들은 에티오피아 인들의 분나를 카파에서 왔다 하여 카베, 카하와로 불렀다는 말이다.

역사의 해석에는 상대적인 입장이 있다. 에티오피아의 오로모어, 케피초어로 카파Kaffa의 'Ka'는 '신God'을, 'Afa'는 '만물이 소생하는 땅'을 의미한다. '신이 주신 풍요로운 땅'이라는 뜻이다. 반면 야생커피가 에티오피아에서 발견되고 자랐지만, 경작은 예멘에서 시작되었기에 커피의 원류는 예멘이라 주장하기도 한다. 그러면 커피는 마시면 힘이 난다는 뜻의 아랍어 '카베'에서 유래되었다는 설도 설득력이 있지 않을까? 궁금증은 꼬리에 꼬리를 문다.

커피가 발견된 시기에 대해서도 500년경, 600년경, 1000년경 등 의견

에티오피아의 시골길과 산길을 힘차게 달려주었던 우리의 지프. 하지만 늘 이러다 서버리는 아닐까 하는 불안에 떨어야 했다.

에티오피아 가이드 솔레이. 독실한 기독교인인 그는 관광 프로그램과는 거리가 먼 우리 일정을 순조롭게 돕느라, 비지땀을 흘리곤 했다.

이 분분하다. 이슬람교의 발전사를 들어보면, 이슬람의 창시자 마호메트 탄생(570년)으로 시작해 이슬람의 세력 확장은 북쪽 이집트를 거치면서 아프리카 각국에 강력한 영향을 끼쳤다. 에티오피아의 경우 700년경 예멘(7세기에 정식으로 이슬람을 받아들임)으로부터 홍해를 건너 이슬람을 받아들였고 곧 동아프리카 전역으로 퍼졌다. 서부 내륙의 깊숙한 산간지방인 이곳 카파까지 이슬람의 모스크가 세워졌다. 어느 날 커피를 발견한 칼디가 한걸음에 이 모스크로 달려갔다.

이곳에서는 이슬람 수도사와 교도들이 졸음을 쫓기 위해 한밤중에 커피를 마신다. 커피가 발견된 때 이미 이슬람이 들어왔다는 사실은 그 시기가 600년, 700년을 넘어섰다는 반증이며, 1000년경에는 이미 아라비아 반도에 재배가 되던 때이니, 이들을 잘 따져보면 800년경이 맞지 않을까?

아두나 학장과의 만남은 아주 특별했다. 그는 에티오피아 깊은 산골 오지의 학자이기는 하지만, 커피에 대한 각별한 애정을 가지고 있었고 앞으로 자신이 해야 할 일과 나아가야 할 삶의 방향을 정확히 알고 있다. 옛것을 지키고 부족한 것에 욕심 부리지 않고 차근차근 채워나가려는 숨은 노력이 진주처럼 빛난다. 그와의 커피 얘기는 시간 가는 줄 모르게 이어졌다. 헤어질 무렵, 그는 불쑥 조제Choche 이야기를 들려주었다.

"커피 고향의 진면모를 살필 수 있는 지역이 바로 조제입니다. 짐마는 12개의 마을단위로 구성되어있는데 그중 하나이지요. 다양한 야생커피나무를 살펴볼 수 있는 곳으로, 연구소도 자리해있습니다. 많은 외국인들이 이곳을 방문한답니다."

수세기에 걸쳐 내려오는 야생커피나무의 태생지이며, 내로라하는 대형 커피수입상의 발길이 끊이지 않는다는 말에 귀가 쫑긋하다. 짐마에서 50킬로미터 떨어진 곳이다. 해발 1800미터를 넘나드는 산악지대인 이곳 짐마는 해가 일찍 떨어진다. 재회를 약속하고 급하게 작별인사를 나눈다.

에티오피아 커피밀 탐방

고물 지프는 산길을 잘도 달린다. 50킬로미터를 우리식으로 계산하면 한 시간이 채 안 걸릴 거리이지만 이곳에서는 형편이 다르다. 굽이굽이 돌아가는 황톳길에 울퉁불퉁 솟아오른 구릉과 움푹 파인 웅덩이, 연신 삐걱거리는 소리를 내는 고물 지프 소리, 족히 두 시간은 넘게 걸리리라. 불빛 하나 없는 산길이기에 밤중에 돌아오는 길이 걱정스럽다. 양이며 염소, 당나귀와 사람들이 한데 뒤엉킨 길가. 익숙한 아프리카 풍경이지만, 자연의 색에는 식상함이 없다.

지친 대원들에게 산길이 힘을 실어준다. 감바Gamba지역 표지판을 지나친다. 아주 작은 마을을 지나도 아이들은 차의 뒤꽁무니를 쫓았다. 소독차의 하얀 연기를 따라 온 동네 골목길을 뛰어다니던 까까머리 어린 시절이 떠오른다. 처음에는 어색했지만, 아이들을 향해 손을 흔들어주는 것도 이제는 익숙하다.

잠시 상념에 잠긴 사이 조제 마을을 지났다. 그러고도 한참을 좁은 숲

길을 달린다. 인적이 드문 길이다. 표지판이 있으리라는 아두나 학장의 말과는 달리 어디를 둘러봐도 없다. 길을 잘못 든 듯하다. 몇 번을 지나친 길을 다시 오갔다. 해는 이미 서쪽으로 기울고 마음이 조급했다. 인적이 드문 이곳에서 마침 할아버지가 한 분 지난다. 가이드 숄레이는 두 손을 이리저리 휘저으며 설명하더니 이제는 찾았단다. 나를 뒷좌석으로 옮기게 하고는 그를 태운다.

아디스아바바에서부터 짐마까지 그 강렬한 뙤약볕이 내리쬐던 온전한 한나절은 물론, 짐마의 어디를 가던 지금까지 좁은 지프 앞자리에는 운전수, 숄레이 그리고 나 이렇게 세 사람이 타고 있었다. 독실한 무슬림 운전수는 이제 막 쉰을 넘긴 나이인데도 칠순은 되어 보인다. '빵빵' 하는 경적소리는 그를 즐겁게 해주는지 필요 없을 때도 그치지 않는다. 처음에는 귀에 거슬리더니만 이미 만성이 된 지 오래다. 배가 너무 나와 핸들과 맞닿아있고 앞좌석 한가운데 수동기어가 있다.

처음 아디스를 출발할 때 숄레이는 뒷좌석 짐칸에서 가겠다고 했다. 그런데 아디스를 출발한 지 채 1시간이 되지 않아 잔뜩 웅크리고 있는 그가 안쓰러워 나와 운전수 사이에 앉게 했다. 다친 허리가 S자로 꼬여 내내 신경 쓰였지만 어쩔 도리가 없었다.

표지판이나 표식도 없는 산길에서 할아버지를 따라 내렸다. 먼 산 너머로 먹구름이 몰려오고 있다. 한참을 걸어야 한다는 말에 모두 배낭을 고쳐 멘다. 내일 또 온다 해도 도저히 찾을 수 없을 듯한 미로 같은 숲길이었다. 모자를 깊이 눌러써서 앞도 분간하기 어려울 정도다. 주위에는 온통 덤불숲이었다. 조금이라도 뒤처지면 길을 잃을 듯해 좀 천천히 가라고 소리친다. 앞사람의 발걸음을 놓치기라도 하는 날이면 영영 아프리카의 미아가 되는 것은 아닐까?

얼마나 달렸을까? 산 중턱에 넓은 평지가 펼쳐졌다. 사방을 둘러싸고 있는 나무들의 움직임이 예사롭지 않았다. 영험한 기운마저 느껴졌다. 온통 녹슨 도끼색의 돌무더기가 드러누워 있고, 오랜 세월을 견뎌낸 돌무더기 사이사이로 모진 목숨을 부지한 이름 모를 풀들이 무언가를 말하는 듯 키를 높였다.

커피나무의 흔적을 찾으려 애쓰지만, 단 한 그루도 보이지 않았다. 할아버지와 숄레이는 내게 열심히 바닥에 난 표식의 의미를 설명했다. 수 세기 전 야생커피가 발견되었고, 이를 아프리카 왕들이 모여 회합을 가진 표식이 그대로 남아있다는 설명이었다. 아두나 학장과 같이 왔으면 더 자세한 내용을 들을 수 있었을 텐데 못내 아쉬웠다. 막상 커피의 탄생지를 찾아왔지만, 기쁨이나 자부심보다는 먼 곳에 두고 온 사람들에 대한 그리움이 몰려들었다. 검은 구름이 먼 서쪽 산으로부터 무서운 속도로 달려왔다.

온몸이 비에 젖었다. 어느 틈엔가 나타난 아이들 한 무리가 앞장섰다. 빗속을 뚫고 아이들은 달린다.

"아-데바이오! 아-데바이오!"

토고의 축구신수를 말하는지 알 수 없지만 박수치며 노래하며 발을 맞춰 달렸다. 녀석들은 맨발이다. 우리도 달린다. 거친 잡초가 무성하지만 몇몇은 재주넘기도 한다. 아프리카 특유의 야호 소리도 들렸다. 일행 모두 비에 젖은 배낭을 짊어졌지만 발걸음은 가벼웠다. 올라올 때처럼 먼 길을 돌아가는데도 한달음에 달렸다. 두고두고 잊지 못할 꿈결처럼 행복한 시간이었다.

덤불숲을 달려가자, 돌무더기가 놓여있는 산중턱이 나타났다.
아래의 표식은 야생커피가 발견된 자리에, 아프리카 왕들이
모여 회합을 가진 장소를 나타낸다.

원 없이 맞은 비 탓에 2월 20일 아침에는 일찍 일어나기가 수월치 않았다. 따뜻한 목욕이 그리웠다. 부피가 너무 커서 이동이 힘들다며 어서 먹어 치우자던 라면은 마지막 남아있던 두 개마저 지난 설날 아침 떡국 대신 해치웠다. 세배하겠다는 일행에게 에티오피아 식대로 포옹으로 대신하자며 말리느라 진땀을 흘렸다. 어제부터는 구스꾸뜨와 분나 한 잔으로 아침을 대신했다.

커피밀을 찾아 겜베Gembe로 나섰다. 부산한 시내와는 달리 아침 산길은 조용하다. 가이드 솔레이가 잘 아는 곳이라 했지만 몇 차례 엉뚱한 일을 벌여온 터라 미덥지 못했다. 일행들 모두 연신 차창 밖을 두리번거렸다. 한 시간여를 달리자 낡은 철대문의 보레 분나Bore Bunna가 보였다. 안으로 들어간 솔레이는 어깨를 으쓱거리며 나타난다. 어느새 아이들이 몰려와있다. 몸집이 유난히 큰 책임자 망게Mangsh Zaba가 환한 웃음으로 맞았다.

"커피의 고향이자 제 자신의 고향에 오신 것을 환영합니다. 여러분이 태어난 곳에서 아주 먼 이곳까지 찾아와 커피역사를 배운다고 하니, 제 자신이 행복해지는군요."

농장 안으로 발길을 옮겼지만 텅 비어있었다. 혹시나 하는 마음으로 바쁜 농부들을 만날 수 있기를 바랐지만, 짐마의 커피수확기는 8~9월부터 이듬해 1월까지란다. 간혹 외서나 인터넷을 통해 에티오피아 커피의 수확기를 '7월에서 3월', 혹은 '10월에서 2월', 맛은 '깨끗한 신맛' 등으로 표현한 것을 봤다. 아주 틀린 얘기는 아니라지만 우리 국토의 12배가 넘는 넓은 땅 구석구석에서 나는 커피를 한마디로 표현하는 것은 그리 적절해 보이지 않는다.

원두에서 파치먼트를 떼어내는 과정을 '훌링'이라 하는데, 여기에는 자연건
조식과 수세식 두 방법이 있다. 왼쪽의 기계는 자연건조된 커피체리를 다시
분류하는 데 쓰인다. 자연건조식은 맛과 품질이 떨어지지만, 기계화가 이루
어지지 않은 에티오피아에서 주로 사용한다.

  짐마 커피체리는 모든 마을 사람들이 세 번에 걸쳐 수확한다. 수확기
까지 짐마의 커피나무는 12~1월부터 5월 사이 아름답고 향기로운 커피
꽃을 서너 번 피운다. 한 가지에도 꽃이 피는 시기가 제각각인 커피 꽃은
일주일을 채 못 넘기고 급히 시들고 만다. 꽃망울을 터뜨리지 못한 녀석
과 지는 녀석, 그리고 만개한 녀석들이 한데 어우러져 제멋대로인 모습
은 자연이 빚어낸 위대한 예술작품이다. 6개월에서 9개월 동안 성숙기를
거치고 나서야 비로소 커피체리를 맺게 된다. 초록의 체리가 온전히 붉
어질 때를 기다리며 농부들은 풍요를 기원한다.

  농부들의 수고는 이후에도 계속된다. 수확 후 가공과정에 따라 크게
달라지는 가격 탓에 더욱 신경이 쓰인다. 커피체리를 가공하는 방법은

체리를 씻은 후 펄핑과 훌링(Hulling, 원두에서 파치먼트를 떼어내는 과정)을 거치는 수세식, 펄핑하지 않은 채 3~4주 이상 평평한 바닥에 건조시키는 자연건조식(태양건조식)으로 나뉜다.

에티오피아 커피는 80~85퍼센트가 자연건조식이고 나머지 15퍼센트 정도는 수세식이다. 짐마 커피는 선조로부터 대대로 내려오는 자연건조식을 채택하고 있다. 당연하게도 자연건조식보다는 수세식이 현대화된 가공방식이다. 그래서 고품질 커피들은 대개가 수세식이다. 그럼에도 자연건조식을 택할 수밖에 없는 까닭은 오랜 전통을 따르는 이유 외에도, 물이 부족한 자연환경 때문이다. 어쩔 도리가 없다. 커피재배 지역에서 일조량은 두 방식 모두 중요한 요소다. 수세식 역시 씻어낸 후에는 태양 아래서 건조시킨다. 다만 일조량이 모자랄 때는 기계로 건조한다. 설비 투자가 어려운 곳에서는 그림의 떡일 수밖에 없는 얘기겠지만⋯⋯.

보레 분나에서 두 가지 가공방식을 동시에 사용하고 있는 점은 매우 인상적이었다. 아두나 학장이 말한 가공과정을 현대화하려는 노력이 여기서 빛을 발하고 있었다. 대형 저수조, 세련돼 보이진 않지만 제 역할을 잘 해낼 듯한 펄핑 기계가 언덕 위에 버티고 있었다. 아래로 길게 발효수조가 늘어서있다. 물에 뜨는 녀석들과 상태가 좋지 않은 녀석들은 모두 자연건조장으로 옮겨질 것이 분명했다.

수세식과 달리 자연건조식은 등급표기가 전혀 다르다. 많은 이가 Gr1이 최상품이라 생각하겠으나, 자연건조식에서는 Gr1이 없고 대신 Gr4가 1등급, Gr5가 그 다음이다. 하와이 코나 커피의 프라임Prime 등급이나 셀렉트Select 등급이 하급품이라는 점과 비교해 흥미로웠다. 하와이 코나 커피는 세계에서 두 번째로 좋은 커피다. 하와이섬의 서쪽에 코나, 동쪽

펄핑 기계 아래의 발효수조(왼쪽). 좋지 않은
커피체리는 물위에 뜨게 된다.
보레 분나의 펄핑 기계. 우리가 찾아갔을 때
는 이미 수확이 끝나, 이 기계를 바쁘게 돌리
는 농부들의 모습은 볼 수 없었다.

에 힐로지역이 있는데, 힐로지역에는 비가 자주 온다. 그래서 힐로지역
커피의 맛이 아무래도 떨어진다. 같은 섬이라도 지형의 영향에 따라 커
피의 질이 확연히 달라지는 셈이다. 그래서 힐로 커피는 지역명에서 오
는 불이익을 보완하기 위해 '하와이 커피'라고 부른다. 코나 커피는 엑
스트라 팬시Extra Fancy, 팬시Fancy, 넘버원, 피베리Peaberry, 셀렉트 다음
이 프라임이다.

망게가 친절한 안내를 잠시 멈춘다. 자연건조를 실증이나 하려는 듯
뜨거운 태양이 내리쬐고 있었다. 망게의 이마에 땀이 송골송골 맺혔다. 불
쑥 찾아온 우리를 진심으로 반가워하고 있음을 그의 눈빛에서 느낄 수 있
다. 농부들의 모습을 못 보여준 것이 마치 자신의 잘못인 양 아쉬워했다.

신께 올려 경배하라, 커피 세레모니

망게는 우리에게 아홉 아이를 차례로 소개해주었다. 기골이 장대한 큰아들에서부터 코 흘리개 막내까지 한결같이 순박한 산골아이들이다. 망게 부인이 커피를 대접하겠다 한다. 이른바 커피 세레모니Coffee Ceremony다. 언뜻 들어서는 무슨 뜻인지 쉽게 상상이 되지 않지만, 에티오피아에서는 일상적인 말이다.

에티오피아 인의 찬란했던 문화와 역사에 대한 강한 자부심이 깃든 이 의식에서, 커피는 단순히 마시는 음료가 아니다. 생존을 위한 귀한 식량인 동시에, 신께 경배 드리는 신성한 예물이다. 즐거움을 노래할 때나 반가운 손님을 환대할 때, 비통에 잠긴 이웃을 위로할 때나 간절한 바람을 기도할 때 이들은 커피를 통해 평안과 안식을 얻는다.

여행 동안 커피 세레모니에 참석하는 것은 이번이 네 번째다. 에티오피아에 도착한 다음 날 커피 세레모니를 찾았다. 불쑥 솟아오른 세계 유수의 화려한 체인 호텔들 사이로 다닥다닥 함석지붕들이 즐비한 '예시분나Yeshi Buna'에서 처음 접했고, 아디스아바바의 기온Ghion호텔에 마련된 세레모니 홀에서, 또 짐마의 가이드 숄레이의 집에서였다. 어찌 보면 다 같아 보이기도 했지만 집마다 조금씩 다른 점이 있었다.

농장으로부터 1킬로미터쯤 떨어진 그들 집으로 장소를 옮겼다. 아이들은 신이 나서 어쩔 줄을 모른다. 손에 하나씩 무엇인가를 들고 나른다. 족히 삼십여 명은 되어 보인다. 커피 세레모니는 여성이 주관한다. 때론 연장자가 때론 젊은 여성이 한다. 망게 부인은 집안의 조카쯤 되어 보이는 젊은 처녀를 앞세운다. 넓고 평평한 터를 골라 윤기가 흐르는 나뭇잎 케트마Ketma를 깔았다. 나지막한 목소리로 뜻 모를 기도를 드렸다.

에티오피아의 커피 세레모니. 우선 아궁이를 만들어 불을 피우고, 절구로 파치먼트를 깐다. 그리고 물로 씻은 다음, 팬에다 로스팅한다. 다시 이것을 절구로 빻아서 가루를 낸다. 코초잎으로 '지베나'에 가루를 넣고 마지막으로 소금을 넣어 완성한다.

'시니Cini'라 불리는 손잡이가 없는 작은 커피잔을 나무 테이블인 레케봇Rekebot 위에 가지런히 놓았다. 그 위를 보랏빛이 유난히 아름다운 꽃들로 장식했다. 망게 부인은 무늬가 고운 네탈라Netela를 어깨에 두르고 있다. 네탈라는 공식행사 때 어깨에 두르는 전통의상이다. 커피 세레모니가 그들에게 경건한 전통의식임을 잘 나타내는 대목이다.

도심에서는 숯을 이용했으나 이곳에서는 벽돌로 아궁이를 만들고 한쪽에서는 불을 피우느라 바쁘다. 망게 부인은 파치먼트 상태의 커피빈을 나무절구 무케차Mukecha에 넣고 절구로 파치먼트를 깐다. 더운 한낮에 옆에서 보기만 해도 수월치 않은 일이다. 이른바 수동식 훌링Fulling이다. 한참을 까고도 후후하고 불어 껍질을 벗겨내야만 한다.

얇은 팬인 바렛 메타드Baret Metad에 그린빈을 올리고는 조금씩 여러 번 물을 부어 깨끗이 씻어낸다. 그녀의 검은 손등과 깨끗하게 씻은 생두가 잘 어울린다. 도심의 세레모니에서는 이미 다듬은 그린빈이나, 심지어는 공장에서 볶은 후 갈아놓은 커피를 내놓기도 했다. 상업주의는 곳곳에 자리 잡은 지 오래다.

마른 나뭇가지에 붙은 불은 금세 팬을 달구고, 그린빈은 어느새 검게 변하고 있었다. 굵은 철사를 여러 번 접어 만든 갈퀴를 쉴 새 없이 가로 젓는다. 한가운데는 신성함을 상징하는 향료 에탄이 짙은 향을 내뿜었다. 그녀가 내민 검게 볶은 커피의 향을 천천히 깊게 들이마신다.

눈을 감고 내가 볶아오던 에티오피아 커피향과 비교해본다. 비슷하기나 하겠는가. 좋고 나쁘고를 떠나 전혀 다른 깊은 향이다. 일행과 세레모니에 참석한 모두에게 돌려 향을 맛보게 하고 빛깔을 보여준다. 앞뒤로 골고루 볶이지 않고 한쪽 면이 타는 수동 직화식 로스팅의 단점이 그대로 나타나있지만 세레모니에서 그것은 중요하지 않다. 정성을 다하는 것 그리고 마음에서 우러나 맛있는 커피를 대접하려는 데 목적이 있다. 세속의 기준에 맞춰서는 그것이 잘못된 로스팅일 수 있겠으나, 지금 이 순간 우리에게 더 이상 잘 볶은 커피는 없다. 역시 세레모니의 매력이 아닐까.

볶은 커피는 다시 절구로 옮겨 잘게 간다. 오른손으로는 내려찍고 왼손으로는 절구 바깥으로 커피가루가 튀어나가지 않도록, 뚜껑처럼 열었다 닫았다 박자를 잘도 맞춘다. 곱게 간 모양이 에스프레소 전용 그라인더에서 나온 것 못지않다. 잎이 큰 코초Kocho 잎사귀에 절구를 뒤집어 쏟아낸다. 절구 무케차는 다른 양념을 갈 때도 쓴다니 가히 만능이다.

불 위에는 주둥이가 뾰족한 커피포트 지베나Jebena가 물을 끓이고 있다. 코초잎에 부은 커피가루를 깔때기처럼 말아 지베나의 좁은 뚜껑으로 쏟아 붓는다. 바닥이 둥근 지베나는 그리 크지는 않지만 단단해 보인다. 윤기가 번지르르 한 검은색에 한구석도 모나지 않아 에티오피아 사람들을 많이 닮았다.

하늘색 접시 위에 먹음직스런 빵이 놓이자 아이들은 한 발짝씩 앞으로 다가앉았다. 커피를 준비하는 내내 망게 부인과 처녀는 웃음을 잃지 않는다. 태양 아래 아궁이의 뜨거운 열기, 나뭇가지가 타면서 나는 연기가 그녀들을 괴롭히는데도 말이다. 연신 이마에 흐르는 땀을 손등으로 닦아내면서도 아랑곳하지 않는다. 그 고된 과정을 지켜보던 의진이가 작게 탄식한다.

"와…… 이렇게 일일이 해서 먹으면 정성이 장난이 아닌데요? 100원짜리 하나 넣으면 먹을 수 있는 게 커피인줄 알았는데 이렇게 빻아서 먹는다고 하니 새로워요."

맛있는 커피향이 솔솔 난다. 좁은 뚜껑을 열고 손바닥을 이용해 무엇인가를 집어넣었다. 굵은 소금이었다. 1970년대 우리나라 다방에서 독특한 커피맛을 내기 위해 소금을 넣었다던 이야기가 생각난다. 자신만의 향을 위해 담배꽁초도 넣었단다. 에탄을 더해 연기와 향을 더 피운다.

옆에 앉아있던 망게가 일어나 기도를 드린다. 내용은 알 길은 없지만 우리를 환영하고 모두가 건강하고 행복하라는 기도이리라. 기도 사이사이 아이들과 함께 '아멘'을 큰소리로 따라한다. 에티오피아가 기독교 국가라는 사실을 새삼 깨닫는다. 마지막에는 박수를 치면서 기도를 끝냈다.

드디어 커피 맛을 볼 시간이었다. 진하디 진한 분나를 작은 시니로 부었다. 쪼르륵 따르는 소리가 정겨웠다. 코끝으로 가져가서 한 모금을 머금었다. 혀를 굴려 맛을 찾아내는 일은 이미 잊은 지 오래다. 목구멍으로 넘어가는 느낌이 묵직했다. 한 잔을 얼른 비운다. 커피 세레모니에서는 커피를 세 잔 대접하는 것이 예절이다. 첫 잔을 아볼Abol, 둘째 잔을 후엘레타냐Hueletanya, 세 번째 잔을 베레카Bereka라 한다. 지역에 따라 아볼, 칼레이Kalei, 베레카Bereka 혹은 아볼, 후엘레타냐, 소스타냐Sostanya라고도 한다.

둘째 잔부터는 커피를 새로 끓이는 게 아니라 지베나에 남아있는 커피에 물을 더한다. 소금 넣는 장면을 못 찍었다는 박 피디의 말에 두 번째 소금을 넣는다. 촬영 때문에 소금을 많이 넣게 된 두 번째 잔 후엘레타냐는 도저히 마실 수가 없어 망게 부인에게 결례를 무릅쓸 수밖에 없었다. 그녀의 정성에 우리 모두 감사의 뜻인 '아메세게날로Amesegenallo'를 연발했다.

세레모니 동안 계속 내 무릎에 앉아있던 망게 막내아들이 꼭 쥔 내 손

에티오피아에서 커피는 단순히 음료라기 보다는 신에게 경배를 드리는 수단이기 도 했다. 향을 피워 그 신성함을 표현한다. 커피 세레모니를 기꺼이 보여준 젊은 처 녀(아래).

을 놓지 않는다. 천사처럼 티 없이 웃고 있다. 망게는 숄레이를 통해 내게 무언가를 말하려 한다. 아이 아홉 중 하나만 한국으로 데려가 주었으면 한단다. 가슴이 저려왔다. 무슨 말뜻인지 어찌 모를까. 1960년대까지 일인당 국민소득 3000달러의 세계 강국이었던 에티오피아는, 심한 기근과 독재에 대한 불만으로 황실을 축출한 1970년대 이후 내전과 국제 충돌을 겪어 오늘날 세계 최빈국으로 전락했다. 빈부 격차는 길거리에 흘러넘친다. 슬픈 얘기지만 오전 8시에 시작해 오후 5시가 될 때까지 일해서 벌 수 있는 돈은 10~20비르Birr, 한화로 따지면 고작 1000원~2000원이다. 그나마 그것도 6개월밖에 할 수 없는 것을. 그러나 대답할 수 없다. 못 알아들은 척 외면할 수도 없다. 다음에 다시 만나자는 공허한 약속만 남긴 채 애써 발길을 돌린다. 짐마에서 마지막 밤이다.

☕ 커피 기행의 대고비

푸른 카트에 사로잡힌 영혼

카파 인근에서 짐마로 모인 커피는 아디스아바바로 옮겨 잠시 머물다 디레다와를 거쳐 지부티Djibouti로 향한다. 이번 일정의 반이 지난 지금에서야 비로소 우리는 역사적인 커피 이동경로를 따라 본격적인 탐험을 하게된다. 케냐와 짐마에서 하루씩을 더 지낸 덕에 당초 예정보다 이틀이 지체되었다. 가는 곳마다 숙소 문제며 하루하루 줄어드는 탐험경비는 마음졸이기에 충분했다. 아직 해결되지 않은 지부티와 예멘 비자도 큰 근심거리였다.

한국을 떠나기 전, 지부티 비자에 대해 백방으로 알아보았지만 해답을 찾지 못했다. 예멘은 한·예멘 친선협회가 있어 자문을 받아 봤지만 여기서도 해결책을 얻을 수는 없었다. 예멘의 수도 사나Sanaa로 입국한다면 호텔을 미리 예약하고 현지 공항에서 비자를 받을 수 있으리라 했으나, 우리탐험루트는 관광객이 다니는 곳도 아니고 도착 일정을 미리 정할 수도 없을 뿐더러 호텔에서 지낼 처지는 더욱 아니다. 누가 봐도 지부티에서 홍해를 건너 예멘으로 건넌다는 일은 바보 같은 짓이다. 더구나 홍해를 건널마땅한 교통수단도 없다 한다. 비행기로 가면 그만인 것이다.

그 뒤 사우디와 이집트는 예멘에서 걱정해도 늦지 않을 것이라는 생각으로 태평이다. 터키에서 한국으로 돌아가는 비행기 표는 미리 끊어둔데다 돌아가면 산더미처럼 쌓여있을 일거리를 생각하면 귀국일자를 뒤로 미룰 수도 없는 형편이다. 박 피디는 귀국하자마자 다른 촬영 스케줄로 눈코 뜰 새 없이 뛰어다녀야 한다. 의진이는 졸업식 참석도 포기한데다 취업 준비로 바쁠 테고, 상범이는 마지막 학기 수강 신청마저 뒤로 미루어둔 상태다.

아디스아바바로 향하는 길은 이런저런 생각으로 마음이 무겁다. 막연히 동경해오던 커피의 고향 짐마는 내게 무얼 전해주었나? 1000년 전 이 험한 산길을 어떻게 커피가 바다 건너 예멘으로 전해졌을까? 가슴에 담아갈 뿐 어디에도 정답은 없다. 기베 강을 다시 지나간다. 흙탕물과 아이들의 뛰노는 모습이 다리 아래로 그림처럼 펼쳐진다. 햇살은 강 전체에 골고루 퍼져있다. 카파지방의 커피가 세상에 나서기 위해서는 반드시 건너야 하는 기베 다리. 낡은 다리 위를 무수히 오갔을 커피와 이를 나르는 사람들의 수많은 숨은 이야기들. 강물은 세상 모든 허물을 다 감싸 안으려는 듯 굽이치며 아래로 아래로 흐른다. 호흡을 가다듬었다.

아디스아바바에는 한밤중에 도착했다. 중간중간 차를 세우고 경치를 남는 바람에 더딜 수밖에 없었다. 며칠간 정들었던 무슬림 운전수와 작별인사를 나눴다. 그는 솔레이와 모퉁이 구석에서 실랑이를 벌이고 있다. 서로 나눠야 할 몫 때문일 것이다. 일행들은 모두 지쳐, 그날 밤은 만사 제쳐두고 곯아 떨어졌다.

다음 날 아침, 아디스아바바의 아침은 새벽 5시 코란의 암송으로 시작했다. 기독교 국가라지만 에티오피아 곳곳에서 여전히 기독교인과 무슬

지부티 대사관을 찾아가는 길에 들린 '칼디' 커피점. 테이크아웃이 가능한 곳이다. 점점 서구화되어가는 에티오피아의 커피 문화에 대해 알 수 있었다.

림 사이에 무력 충돌이 일어난다. 노란 천을 두른 청소부들은 종교는 안 중에도 없는 듯 쓸어도 쓸어도 끝이 없는 도로의 흙먼지를 치웠다. 인도 가 흙길이니 차로를 아무리 쓸어도 사람들의 발걸음에 날려 다시 사방은 흙먼지가 된다. 자동차 매연이 가히 최상급이다. 멕시코를 여행하면서 멕 시코시티의 매연이 최고라고 생각했는데 이곳 또한 만만치 않다.

지부티 대사관을 찾아가는 길에 '칼디' 커피점이 보였다. 급히 차를 세웠다. 지난 바리스타 챔피언 대회에 출전한 칼디 커피 소속의 바리스 타가 생각났기 때문이다. 긴장한 듯한 목소리로 자신의 커피를 소개하던 흰색 전통의상이 썩 잘 어울리던, 탈락하는 바람에 침통해하며 말없이 대회장을 빠져나간 젊은 친구다. 직원에게 그 친구와 얘길 나누고 싶다 고 부탁했다.

잠시 후 매니저를 소개한다. 탐험대 소개를 하자 반갑다며 안으로 안내한다. 주방 안을 지나 뒤뜰로 향한다. 잘 꾸며진 현대식 빵공장이 보인다. 여직원들이 분주히 드나든다. 2층 사무실로 올라가자 사장이 기다리고 있다. 낯설지 않은 얼굴이다. 비행 조종사 남편을 둔 미인대회 출신의 체다이Tseday Asrat 사장은 30대 초반의 아름다운 용모를 지닌 여성이다. 인사를 나누고 나서야 알게 되었지만, 바리스타 대회장에서 바로 앞자리에 앉아 우리가 떠드는 소리며 촬영하는 모습을 지켜보았다고 한다. 반가움에 다시 한번 힘주어 악수를 청했다.

그날 본선에서 떨어진 칼디의 바리스타는 다른 매장에서 근무한단다. 실력이 아닌 힐튼, 쉐라톤의 영향력이 바리스타 심사에 작용한다고 그녀는 푸념한다. 전혀 근거 없는 생각은 아니라는 정도로 동의했다. 그녀는 생기 넘치는 목소리로 자신의 칼디 커피를 소개했다.

"3년 전에 설립되어 현재 4개의 지점이 아디스아바바에 있습니다. 연내에 8호점을 개점할 준비를 하고 있고 5년 안에 40점을 계획하고 있습니다. 우리는 에티오피아 커피 문화를 현대화하여 세계에 소개하려 하며 최고의 품질과 서비스로 제공할 것입니다. 또한 젊은이들이 활기

커피의 원산지인 에티오피아도 어느새 '스타벅스'식 커피 시스템이 자리잡고 있었다.

체다이 칼디 커피점 사장.
회사에 대한 자부심이 대단
했다.

차게 일할 수 있도록 일자리를 창출해낼 것
입니다. 현재는 200명의 일자리를 제공하고
있지만 머지않아 2000명이 될 것입니다."

　사람은 많고 일자리가 귀한 에티오피아다
보니 칼디에서 일하려는 사람들은 줄서서 기
다리고 있다. 깔끔한 유니폼에 쾌적한 근무
환경, 게다가 자유분방한 분위기까지, 아디
스의 젊은이들에게는 이곳 칼디에서 일하는
것이 부러움의 대상이다. 칼디의 전설에 대
해 질문을 이어간다. 사실 커피의 고향 짐마
에서조차 거의 모든 농민들이 칼디에 대해
알지 못했다. 커피의 고향이라는 자부심은
강했지만 전설에 대해서 물으면 고개를 저었
다. 이곳 손님들은 어떤지 물어본다.

　"우리 손님들은 대개가 에티오피아의 젊은이들인데, 전설에 대해서
는 잘 알지 못하더군요. 그래도 물어보는 손님이 있으면, 우리는 커피의
전설에 대해 잘 들려줍니다. 역사책에서 전설을 찾을 수는 없지요. 선조
로부터 구전되어오는 것이기에 관심을 갖지 않으면 알 수가 없다는 얘기
입니다. 여기에 우리 자부심이 있습니다. 에티오피아 인이든 외국인이든
우리를 통해 칼디의 전설을 알게 됩니다."

　에티오피아 커피 문화의 변화에 대해 그녀는 말을 잇는다.

　"우리에게는 훌륭한 전통이 있습니다만 더 이상 머물러만 있어서는
곤란합니다. 상업적으로 사용하기 어렵기 때문이죠. 지금 젊은 고객들은

빠르고 차별화된 서비스를 원합니다. 우리는 자동차가 정차하면 달려가 차 안에서 주문을 받습니다. 좋은 품질의 커피를 급한 손님에게 제공하려는 우리만의 서비스입니다. 우리는 고객들과 함께 새로운 문화를 만들어가고 있지요."

역사와 전통에 대한 그녀의 생각은 뚜렷했다. 한 시간이나 걸리는 커피 세레모니는 몇 년 후쯤에는 이곳 에티오피아에서도 박물관에서나 봐야하는 것은 아닌지 모를 일이다. "아프리카에서는 약속 시간 잡지 마라.", "아프리카에서 서두르지 마라."는 말은 이곳 아디스아바바에서는 옛 속담뿐인 듯하다. 아프리카에서 '급한 손님을 위해'라는 얘길 듣다니. 나는 "그래, 그럴 테지……." 이렇게 혼자 중얼거렸다.

아프리카에 오면 누구나 듣는 '뽈레뽈레(천천히, 천천히)', '하쿠나 마타타(걱정마, 문제없어)'가 오늘은 더 정겹다. 뜻하지 않은 곳에서 두 번을

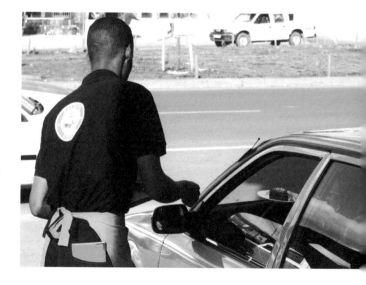

모든 것이 느리게만 흘러갈 듯한 이곳에도 도시화·산업화는 쉴 새 없이 들이닥친다. 차에서 내릴 '시간'이 없는 이들에게, 칼디 커피점에서는 차 안에서 주문할 수 있는 시스템을 제공한다.

칼디 커피점에 걸려있던 칼디의 전설을
담은 그림. 이제 이 이야기를 아는 에티
오피아 젊은이도 거의 없다고 한다.

만난 인연의 고리가 언제 이어
질지. 칼디 커피점을 나서며
서로가 커피와 연하여 살고 있
으니 어디서든 다시 만날 수
있으리라 기대했다.

지부티 대사관의 현관은
굳게 닫혀있다. 한참을 두드리
고 나서야 경비원인 듯한 노인
이 얼굴을 삐쭉 내민다. 비자
때문에 왔다고 하자 다짜고짜
끝났단다. 노인은 막무가내다.

입 주위와 입안이며 이빨 모두에 퍼런 물이 들었다. 아니 초록이 짙어 푸
른 끼가 돈다고 해야겠다. 카트(Qat, Khat)─혹은 차트Chat라고도 부름─
를 씹은 탓이다. 이 작물에는 암페타민(amphetamine, 중추신경을 자극하는
각성제)과 비슷한 자극을 주는 성분이 들어있어 흥분과 도취감을 유발한
다. 세계 보건기구WHO는 카트를 '마약'으로 분류한 바 있다.

책에서만 보았던 카트 씹는 사람을 눈앞에 보고 있다. 행동이 부자연
스럽진 않았으나 정신은 분명 이상해 보였다. 아무리 지부티가 작은 나
라라고 해도 일국의 대사관 출입문을 지키는 사람이 대낮부터 카트에 절
어있다는 사실이 이해되지 않았다. 그는 내일 오전 중에 오라며 휙 돌아
섰다. 비자 접수는 오전에만 한다는 사실을 그때까지 알지 못했다. 금쪽
같은 시간이 의미 없이 흘러갔다.

불고기와 된장찌개가 먹고 싶다는 일행의 바람에도 현지에서 전해들

은 비싼 한국음식 값에 지레 겁을 먹고 동네 구멍가게에서 몇 가지 식료품을 사는 것으로 대신했다. 이때 따뜻한 밥 한 그릇 사주지 못해 탐험이 끝날 때까지 두고두고 대원들에게 미안했다. 배부를 때 먹는 산해진미가 무슨 소용인가. 정말 먹고 싶을 때 먹는 밥 한 그릇이 최고지. 그러나 이곳에서는 특급호텔 몇몇을 제외하고는 신용카드를 사용할 곳이 흔치 않다. 다음날 일을 도저히 예측할 수 없기에 대원들에게는 미안했지만 두 눈 딱 감을 수밖에 없었다.

지부티 대사관에서 돌아온 대원들은 모처럼 일찍 끝난 일과로 망중한을 즐겼다. 탐험 후 처음 갖는 편한 시간이었다. 밀린 빨래를 하거나 그리운 이들에게 엽서를 보내고 일기를 쓰기도 했다. 보너스를 받은 기분이다. 하지만 나는 결정해야 할 일들이 많았다. 내일 아침 서둘러 한국 대사관부터 찾아가야 한다. 비자에 쓰일 신원증명서를 지부티, 예멘 것까지 받아야 한다. 만약 지부티까지만 서류를 해준다면 큰 낭패다. 지부티에서 예멘을 무작정 들어갈 수도 없다.

예멘에 관해 알고 있는 소식은 1998년 영국·미국인 관광객 16명 납치사건이 전부이니 사실 두렵다. 지부티에는 한국 대사관이 없어 서류를 받기 위해서는 이곳 에티오피아 대사관에서 우편이나 팩스로 보내주어야 한다. 서류가 올 때까지 꼼짝없이 지부티에 머물던지 아니면 아디스아바바로 돌아와 비행기를 타고 사나로 가는 방법밖에 없다. 그렇다면 홍해는 포기해야 한다. 사나에서 모카나 아덴까지는 또 어떻게 이동할까. 하라르까지 550킬로미터는 어떻게 갈까. 박 피디와 밤늦도록 머리를 맞댔다.

다행히 한국 대사관의 서류는 잘 처리됐다. 지부티 대사관의 카트 할아버지 입 주위는 아침인데도 여전히 퍼렇다. 여권은 내일 3시면 찾을 수 있다고 한다. 인심 고약한 카트 할아버지를 내일 한 번 더 봐야 하지만 발걸음은 가볍다. 비자 문제는 한시름 놓았지만 이제 닥친 문제는 내일 오후 3시에 여권을 받아들고 서둘러 하라르로 가는 것이다. 러시아제 라다택시를 이용해 기차역으로 갔다. 짐마를 떠난 커피는 아디스에서 등급이 매겨지고 주인이 정해져 이곳 기차역을 통해 홍해로 향한다.

선택할 수 있는 입장이 된다면 기차를 타고 싶지만 기차역은 황량했다. 텅 빈 대합실과 철로변을 서성이는 두 사람이 전부다. 하라르나 디레다와로 가는 기차편은 없다고 한다. 화물기차가 있긴 해도 시간표대로

에티오피아 커피를 수출하는 주요 관문인 아디스아바바에는
커피원두를 실은 화물차들이 거리를 메운다.

출발하는 것이 아니라 화물이 다 차면 떠난다니 언제 갈 수 있을지 기약이 없다. 난감한 상황이었다.

시외버스 터미널에서도 답답하긴 마찬가지였다. 모든 시외버스는 새벽 6시에 출발하는 것밖에 없다. 값도 싸고 안전해 탐험대로서는 안성맞춤이지만 그 경우에는 지부티 대사관에 맡겨둔 여권을 내일 오후 3시에 찾고 다시 하루를 아디스에서 보낸 후 모레 새벽 출발해야 한다는 얘기다. 도착은 모레 오후가 될 테니 또다시 이틀을 더 까먹는 셈이다. 자칫 잘못하면 홍해는 근처도 못 가보겠다. 눈앞이 깜깜했다.

"숄레이, 오후에 출발할 차를 한번 알아봐줘."

"그건 너무 위험해요. 현지인도 밤중에 하라르로 가는 건 위험해서 꺼리는 걸요."

기사들도 오후 3시에 출발하자니 다들 뒤로 물러선다. 최근 하라르 가는 길에서 강도사건이 빈번히 일어나고 있단다. 특히 외국인이 탑승한 듯한 차량은 무조건 납치해 물품은 물론 목숨까지 앗아간다는 것이다. 출발 전 아프리카 사자밥 걱정은 했지만 납치·테러의 대상이 될 줄이야……. 그야말로 진퇴양난이다.

커피 공장을 찾다

아침 8시 30분에 무작정 숙소를 나섰다. 무기력하게 주저앉아 교통편만 걱정할 일이 아니었다. 아디스아바바에 도착한 커피들이 어떤 과정을 거쳐 세계로 퍼져나가는지 반드시 짚어봐야 했다. 에티오피아 농무성을 수소문 끝에 찾았다. 7층 사무실에서 농산물 부문 책임자인 아세파Assefa

Mullugeta를 만났다.

공식적인 TV 인터뷰를 요청하자, 그는 자신들이 수행하고 있는 커피 산업 발전을 위한 노력에 대해 장황설을 늘어놓는다. 농무성의 각 지역별 품질관리 위원회는 관할 지역 농민들을 지도 관리하고, 이곳 중앙 위원회에서는 관능 검사와 컵핑을 통해 엄격한 등급 심사를 하고 있다 한다. 이 시스템이 수출 상품의 체계적 관리와 에티오피아 커피의 이미지 제고를 극대화하고 있다는 것이다. 시골 구석구석에서 짐마대학의 아두나 학장이나 망게 같은 이들이 몸으로 실천하고 있는 덕에, 중앙관료들이 이렇게 큰소리를 치고 있다는 생각에 그의 말이 공허하게 들린다. 여러 곳을 둘러봐야 하기에 시간이 없다며 우린 서둘러 자릴 뜬다.

망게의 보레 분나에서 수확이 끝난 커피체리는 파치먼트가 남은 상태로 마대에 쌓인 채 트럭에 실려 이곳으로 옮겨진다. 이미 농부들의 한숨과 거친 손길을 수없이 거쳤지만 커피는 이곳에서 다시 거듭난다. 에티오피아 거대 커피수출상 중 하나인 바거러시Bagersh를 찾는다. 공장 밖에는 여러 대의 트럭에 커피마대가 실려있다. 전국 각지에서 온 커피들이 마지막 공정을 거치기 위해 줄을 서 기다리고 있는 것이다. 1940년경 지어진 목조건물이라지만 단단해 보인다. 공장 안으로 들어서자 소음과 열기가 가득하다. 바로 옆 사람과 말을 주고받을 때도 귀에 대고 해야 할 지경이다.

트럭 위로 사다리 넓이의 긴 나무판이 놓인다. 그 큰 마대를 한 사람씩 줄지어 어깨 위로 짊어 멘다. 사람들이 걸음을 옮길 때마다 나무판이 크게 출렁인다. 트럭만큼이나 큰 나무 호퍼Hopper에 쏟아 붓는다. 파치먼트를 제거하는 첫 번째 기계를 거친다. 그린빈은 컨베이어벨트를 타고 스크린 테이블로 향하고, 파치먼트는 따로 모여 사료공장으로 보내진다.

크기에 따라 선별하는 스크리닝Screening 기계를 거치면서 원두는 각각 다른 벨트로 나뉘어 옮겨진다. 이 과정에서 속이 비거나 일그러진 생두는 중력에 의해 따로 분류된 후 내수용으로 판매된다. 마지막 손질을 거치기 위해 각각의 길이가 30미터쯤 되는 5대의 컨베이어벨트로 옮겨진다. 벨트 좌우로는 색색의 네탈라를 두른 족히 300명은 되어 보이는 여인들이 쉴 새 없이 손을 놀리고 있다.

그래도 남아있을 썩거나 깨진 생두를 하나하나 손으로 골라내는 수고스러운 마지막 선별작업이다. 이제 갓 아이의 모습을 벗은 젊은 처녀서부터 할머니에 가까운 여인까지 마치 무슨 경연대회라도 치르는 듯, 아

공장에 쌓여있는 커피체리들. 우리가 만났던 농부들의 땀이 담겨있다.

바거러시에서는 바이브레이터(왼쪽)를 통해 이물질을 걸러낸다. 이것들은 아래 사진처럼 모아서 사료로 쓴다. 오른쪽 원두를 크기별로 선별하는 단계다.

니면 축제라도 열리고 있는 듯 요란하다. 시끄러운 기계음에도 무슨 좋은 일이 있는지 다들 웃고 떠든다. 손은 여전히 바쁘다. 한쪽 구석에서 희미하게 노랫소리가 들린다. 점점 커지더니 거대한 합창이 되어 공장 안에 울려퍼졌다. 삶의 고단함이 언제 있기나 했냐는 식의 격정적인 노래였다. 가히 장관이다.

공장 안 사무실에서 '분나' 한 잔을 대접받았다. 커피가 식어 맛은 조금 덜했지만 60년 커피 역사에 대한 자부심이 대단했다. 창업주의 손자인 압둘라 바거러시는 외부에서 일을 보다가 탐험대의 방문 소식을 전해 듣고 한걸음에 달려왔다. 적극적이고 진지한 그의 자세에서 선조의 정신이 고스란히 대물림되었음을 느낄 수 있었다.

바거러시는 커피가공과 수출에 오랜 경험이 있어 에티오피아 경매장뿐 아니라, 지부티 항을 통해 일본, 유럽, 미국, 호주 등 1000여 개의 커피 생산업체에 공급하고 있다. 현지 커피 농가로부터 1차 가공된 커피빈

모든 작업이 끝나면 '바거러시'라는 상표를 달고 전 세계로 나아간다.

을 사서 아디스아바바로 옮겨와 가공하고, 가공된 생두를 손으로 골라 다시 선별해 지부티 항을 통해 일본·유럽·미국·호주 등지로 수출하는 것이다.

"오늘날 우리는 에티오피아 각지의 농가로부터 커피를 사서 아디스로 옮겨와 가공한 후 지부티 항을 통해 전 세계로 수출하는데, 이것은 에티오피아의 아비시니아 즉, 아라비카 커피가 지부티 항을 통해 예멘으로, 예멘에서 암스테르담, 라틴아메리카 등지로 퍼져나가는 경로와 같습니다."

공장을 나온 뒤에도 하라르행 차편을 아직 해결하지 못하고 있다. 길거리 커피점에서 점심으로 인제라를 앞에 둔 채 대원들의 의견을 듣는다. 누구도 자신 있게 어떻게 하자며 나설 형편이 아니다. '안전우선'이라는 대명제 앞에 누가 자유로울 수 있겠는가. 한밤중 한적한 산길에서 자동차 불빛만 보고 차를 멈춰 세운다. 총으로 위협한다. 운전수가 한패가 되어 강도로 돌변한다는 말도 들린다. 너무 위험하지 않겠는가. 모든 책임은 내가 져야 할 상황이다. 중압감, 소외감 그리고 외로움이 한꺼번에 몰려든다. 정말 괜한 짓을 하는 것은 아닐까? 넉넉지 않은 박물관 사정에 이곳까지 와서 이 지경에 놓이다니, 한심한 생각도 든다.

고민하던 하라르행 차편은 오후 세 시가 다 돼서야 결국 1400비르에 마이크로버스를 빌리는 것으로 결정했다. 어느 운전수도 야간운행이라니 나서질 않던 중에 한 사람이 가겠다고 한다. 갓 스무 살이 넘은 운전

최종 단계에서 깨지거나 품질이 좋지 않은 원두를 직접 손으로 골라낸다.
인건비가 싼 아프리카가 아니라면, 있을 수 없는 일이다.

수 아마레는 건들건들한 태도가 불량스러워 보인다. 사실은 주위를 둘러싼 운전수 모두가 불량스러워 보였지만……

아무것도 누구도 믿을 수가 없다. 숄레이도 이 결정을 반신반의한다. 자동차 번호며 아마레의 인적사항을 수첩에 꼼꼼히 적는다. 700비르는 출발할 때 나머지 700비르는 도착해서 주기로 한다. 무사히 도착할 수만 있다면 팁도 듬뿍 줄 생각이다. 박 피디가 불쑥 질문했다.

"괜찮겠습니까?"

뭐라 답변할 말이 딱히 없었다. '정말 괜찮을까?', '만에 하나 큰일이라도 생기면 어쩌지?' 어려운 결정을 내렸는데 다시 번복해야 할지도 모른다. 나 혼자 떠났더라면 마음이라도 편할텐데…… 심호흡을 크게 했다.

"가자!"

건들건들하지만 눈빛만은 선한 아마레를 보며 잘되리라 낙관할 수밖에 없다. 그는 우리가 타고 갈 마이크로버스를 닦으며 하얀 이를 드러내고 웃었다. '하쿠나 마타타(아무 문제 없어)!'

3시가 조금 지나 지부티 대사관을 찾았다. 카트 할아버지를 세 번 만나는 동안 단 한 번도 웃는 모습을 보지 못했다. 지부티 비자 스탬프가 찍힌 여권을 받고 보니 그런 그도 사랑스럽다. 아마레의 마이크로버스는 아프리카 최대의 재래시장 메르카토Merkato로 향했다. '마켓Market'이라는 뜻의 이탈리아어 메르카토는 아디스 인근의 농산품과 주로 중국산인 값싼 공산품을 판매하고 있었다. 특히 내수용 커피는 대부분이 이곳에서 거래된다.

작은 노점상들이 즐비하다. 골목골목에서 커피상인들이 손님을 부르고 있다. 내수용 낡은 마대에 담긴 커피들은 종류별로 다양하다. 품질은

아프리카 최대의 재래시장 메르카토. 다양한 농산물과
함께 각지에서 생산된 커피원두를 팔고 있었다.

우리나라의 쌀 시장처럼 메르카토에서는 다양한 품종의 커피가 거래된다.

최고급이 수출용 2등품 정도에 해당한다. 바거러시에서 본 하급품들도 주인을 기다리고 있다. 군데군데 돌맹이와 나뭇가지들이 섞여있다. 시내의 레스토랑 주인이 한 상점에서 10킬로그램을 사고 있다. 하급품을 사는 것을 바로 눈앞에서 보고 있는데도 그는 우리에게 에티오피아 최고의 커피를 사용해 맛있는 커피를 만들고 있다며 자랑을 늘어놓는다.

"우리나라 쌀 시장과 비슷한 것 같아요. 사람들이 선호하는 다양한 품종이 있듯, 이 사람들도 누구는 짐마 커피를, 누구는 하라르 커피를 누구는 시다모Sidamo 커피를 찾습니다. 이렇듯 다양한 특산물을 파는 광경이 신기하네요."

커피시장을 처음 본 상범이가 말했다. 낯익은 짐마 커피가 보인다. 킬로그램당 20비르다. 역시 질은 조금 못 미친다. 시다모, 예르가체프Yirgacheffe, 김비Ghimbi, 하라르가 쌀·옥수수와 함께 보기 좋게 놓여있다. 우리가 생각하는 기호식품으로서의 커피가 이들에게는 하나의 곡물이요, 없어서는 안 될 귀한 양식이었다.

"우리나라에서는 이렇게 커피를 고를 수가 없어. 현지 생산자로부터 샘플을 받아서 좋고 나쁨을 판단해 주문하기 때문에, 다양한 현물을 직접 보면서 주문할 수 없는 것이지. 실제로 현물을 보며 살 수 있다면 훨씬 더 정확하고 품질을 믿을 수 있을 거야."

메르카토 상점에서 원두를 파는 여인. 이곳에서 시다모 커피를 구입했다.

짐마 1등품을 찾았지만 없어, 결국 시다모 넘버2 1킬로그램을 샀다. 그리고 정들었던 숄레이와 작별인사를 나눴다. 에티오피아에서 함께한 그와의 지난날들이 떠올라 콧날이 시큰해졌다. 오늘 이렇게 작별인사를 하면 아마 다시 볼일은 없을 것이다. 여행이 무사히 끝날 수 있기를 기도하며 숄레이가 우리를 배웅했다.

랭보가 사랑한 하라르 커피

길은 에티오피아의 대동맥답게 잘 닦여있다. 출발할 때 아마레는 조수석에 한 사람을 더 태운다. 놀라 누구냐고 물었더니 조수란다. 다행히 운전

솜씨는 기대 이상으로 좋다. 열다섯 살 때부터 운전을 배웠다 한다. 열 시간 조금 넘게 걸릴 것이라며 백미러를 흘깃 쳐다본다. 조수가 사온 카트 한 아름이 다 없어져야 하라르에 도착할 것 같다. 낮부터 씹어온 카트로 지금쯤 아마레는 구름 위에 떠있는 건 아닐까. 배가 조금씩 아파왔다. 아침나절 길거리에서 사마신 레몬주스가 탈이 난 모양이다.

의진이와 상범이는 끄덕없지만 박 피디는 며칠째 설사로 고생하고 있다. 지난 봄 시애틀에서 배탈로 사흘 동안 꼼짝 못하던 생각이 났다. 휴지를 손에 가까이 쥔다. 가는 내내 검문했다. 무엇 때문인지 모를 일이지만 차를 세울 때마다 혹시나 하는 생각에 덜컥 가슴이 내려앉는다. 등산 지팡이와 주머니칼을 움켜쥔다. 운전석 뒤 두 번째 칸에서 비몽사몽인 채로 떠났다.

얼마나 지났을까? 별이 쏟아졌다. 투명하게 맑은 밤하늘에 불꽃놀이를 하듯 쏟아지는 별. 사막 한가운데를 마이크로버스 한 대가 소리 없이 달린다. 어린 시절 꿈속에서 보았던 바로 그 광경이다. 멀리 개 짖는 소리가 들렸다. 시간이 갈수록 몸 상태가 좋지 않았다. 온몸이 무거웠다. 짐마에서부터 아팠던 눈이 계속 괴롭혔다. 열대의 아프리카에서 추위에 떨었다.

운전사 아마레와 조수 녀석은 카트에 미쳐있다. 다행히도 카트는 얼마 남지 않았다. 불을 밝힌 민가들이 띄엄띄엄 보인다. 앞뒤로 대원들을 둘러본다. 얼마나 마음들을 졸였을까. 애써 잠을 청하고 있는 모습들이 안쓰럽다. 위험천만한 내 결정에 말없이 따라준 대원들이 고마울 따름이다.

에티오피아의 이슬람 도시 하라르. 여느 도시와는 매우 다른 독특한 분위기를 지니고 있었다.

새벽 3시, 하라르에 도착했다. 고요했다. 참으로 멀고도 긴 여정이다. 어찌 왔는지 별무리 외에는 기억이 하나도 없다. 아마레에게 약속한 나머지 700비르와 서운하지 않을 만큼의 팁을 쥐어준다. 무사히 도착한 감격에 겨워 그에게 고맙다는 말을 여러 번 한다. 그도 연신 고맙다 한다. 이제 돌아가야 하는 그들을 염려하는 우리에게 '하쿠나 마타타'로 답한다. 돌아갈 카트를 사러가야 한다며 얼른 차를 돌렸다.

아침 7시에 대원들을 깨웠다. 간밤에 마음 졸인 생각을 하면 다들 꾀를 부릴 법도 한데 아침시간은 문제없다. 그리도 보고 싶었던 하라르 게이트를 들어섰다. 마코넨Makonnen 왕자가 부친의 즉위를 기념하여 만든 하라르 게이트는 하라르의 랜드마크이자 올드 하라르로 들어가는 주요 관문이다.

에티오피아 영토이지만 하라르는 딴 나라 같다. 코발트빛 벽면이며 황금색 장식문양, 다층구조의 건축양식 그리고, 뾰족 첨탑……. 아프리카, 인도, 아랍, 프랑스 그리고 이탈리아까지 총망라된 기묘한 분위기다. 하라르는 인구의 90퍼센트가 무슬림으로 1902년, 디레다와에 철로가 놓이기 전까지 세계로 향하는 유일한 무역 중심지였다. 외세의 침략에 맞서기 위해 도시 전체를 둘러싼 성벽과 좁은 미로는 세계적 문화유산으로서의 가치를 드높이고 있다.

랭보하우스를 찾아 곧게 뻗은 성 안 중심지를 걸었다. 흙먼지가 대단하다. 흙먼지와 매연이 없으면 어디든 아프리카라 부르기가 어렵지 않을까 하는 생각조차 들었다. 동네 꼬마들이 뒤를 따른다. 랭보하우스에 관

하라르의 랭보하우스. 2층 목조가옥에 1층에는 하라르 관련 도서가, 2층에는 랭보 사진과 편지 등이 전시되어있다.

하라르는 많은 사람에게 '랭보'와 함께 기억되는 도시다. 흙먼지 가득한 골목을 지나 랭보하우스를 찾았다.

한 내용은 스튜어트 앨런Stewart L. Allen이 쓴 《커피 견문록》에도 등장한다. 워낙 묘사가 잘 되어있어 랭보하우스를 찾는 데는 어렵지 않았다.

골목길 흙벽 위 나무처마 끝에 비둘기 한 마리가 앉아있다. 인도식 나무장식이 눈길을 사로잡았다. 가파른 계단을 올라 복원된 랭보(Arthur Jean Nicolas Rimbaud, 1854~1891)의 서가를 둘러본다. 가지런히 꽂힌 서가의 책들을 통해 랭보의 숨결을 더듬어본다.

랭보는 1854년 프랑스 파리의 동부 샤를르빌Charleville에서 태어났다. 어린 나이인 1869년부터 1875년까지 불과 5년이라는 짧은 기간 동안 주옥같은 시를 남기고는 동성인 연인 베를렌(Paul Marie Verlaine, 1844~1896)과의 갈등, 프랑스 지식사회에 대한 환멸을 뒤로한 채 유럽 각국을 떠돌아다닌다.

지중해, 키프로스를 거쳐 1880년 스물다섯 살의 나이에 아덴에 도착한 랭보는 프랑스의 무역회사인 알프레드 앤 피에르 베르디Alfred & Pierre

Bardey의 커피밀 중간 관리자로 취직하면서 커피와 인연을 맺는다. 당시의 유럽, 특히 프랑스는 서부 아프리카 식민지의 로버스타를 대신해 질 좋은 아라비카 커피를 예멘으로부터 전량 수입하던 때다. 1869년 개통된 수에즈 운하 덕에 예멘 커피 수출량의 절반가량을 프랑스로 수출했으니 이때의 랭보는 일 속에 파묻혀 살았을 것이다.

하라르에서 커피수출을 담당했던 랭보는 능력을 인정받아 지사장까지 역임했다. 사진은 커피나무를 뒤로 멋진 포즈를 취하고 있는 랭보.

커피체리는 북부 예멘의 산지로부터 낙타 등에 실려 운반되었다. 건조한 뒤에는 지중해를 거쳐 프랑스 마르세이유로 전해졌다. 랭보는 커피 공장에 수많은 인도 군인의 부인들을 고용해 생산성을 높였고, 그의 평판은 최고조에 이르렀다. 그러나 섭씨 40도를 웃도는 폭염과 풀 한 포기 없는 아덴의 바위산에 대한 염증, 깨끗하게 마실 물이 절실히 그립다는 내용의 편지를 가족과 친구들에게 보낼 정도로, 실제 삶은 만만치 않았다. 랭보가 겪는 어려움에 대한 내용이 오너 피에르 베르디에게 알려지면서 하라르에는 지사가 설치됐다.

지사 설치는 성공적으로 이루어졌고 재계약 연장을 요청받지만 랭보는 무기밀매를 하다가, 1891년 4월 관절염에 걸려 하라르를 떠나 마르세이유로 향한다. 그리고 같은 해 11월, 37세의 짧은 생을 마감한다. 그가 머물렀던 동네에 만들어진 랭보하우스는 유네스코 기금으로 근근이 유

랭보하우스의 2층 서가. 랭보와 관련된 책들을 한자리에 모아놓았다.

지되다 더 이상 지원을 받지 못해 재정난을 겪고 있었다. 커피나무를 뒤로하고 멋진 포즈를 취한 랭보의 사진 앞에서 공식안내원이 설명했다.

"랭보는 하라르에 도착하자마자 소말리아 사람들이 이끄는 낙타 카라반을 이용해 많은 양의 커피를 아덴에 팝니다. 커피와 함께 상아도 팔았습니다. 하라르 도착 후 얼마 지나지 않아 커피사업은 그만두었지만, 늘 하라르의 커피를 즐겼습니다. 하라르에서는 자신의 커피 가든을 갖기도 했습니다. 그는 어머니와 친구들에게 쓴 편지에 자주 하라르 커피의 매력에 대해 자세히 썼다고 합니다."

꼭대기로 올라오자 골목길에서 바라보았을 때는 상상 못한 풍경이 펼쳐졌다. 사방이 창으로 뚫려 시야가 탁 트인다. 건조하면서도 초록이 스며있었다. 멀리 무수히 솟아있는 이탈리안 무슬림의 코발트빛 첨탑이 인상적이다. 낙타 등에 실려 사막을 건너 홍해를 건넜을 랭보의 커피 사랑은 과연 어디까지일까. 속내를 알 수 없다. 이런저런 정황들을 살펴보면 그에게 커피는 그저 삶의 수단이 아니었을까. 너무 심한 예단일까? 아랍인들은 하라르 커피를 시다모, 예르가체프보다 더 좋아한다고 한다. 하라르에 와서야 비로소 그 말이 사실이라는 것을 깨닫게 된다. 이곳에서는 아프리카와 아라비아의 구분이 아무런 의미가 없음을 실감할 수 있다. 박물관을 둘러보던 의진이가 이런 이야기를 전한다.

"랭보가 쓴 시 〈지옥에서 보낸 한 철〉을 보면 이런 구절이 나와요. '기후가 사라진 곳에 가서 강철 같은 팔다리와 청동빛 피부, 그리고 강렬한 눈빛으로 다시 돌아오겠다'는 말이요. 10대 때 절필했던 랭보지만, 다시 문학을 향한 꿈을 펼쳐보겠다는 다짐을 그 시 안에서 느낄 수 있어요. 어쩌면 하라르가 랭보에게 그러한 열정을 불어넣어주지 않았을까요?"

하라르식 버터커피를 맛보다

랭보하우스를 나서자, 아이들 무리 중에 있던 그중 키가 크고 눈치 빠르게 생긴 하이루Hailu가 불쑥 가이드를 자청하고 나선다. 잘생긴 하라르 청년 하이루는 영어와 프랑스어를 능숙하게 해댄다. 이 친구는 못하는 게 없어 보인다. 어린나이에도 자신만의 하라르 커피 예찬론을 술술 풀어놓는다.

"하라르 커피는 축복받았죠. 신이 축복을 내린 것인데, 커피를 로스팅할 때 시다모와는 달리 하라르 커피는 풍부한 윤기가 흐르는 것을 볼 수 있어요. 신이 축복 내린 땅, 풍부한 미네랄이 넘치는 하라르 커피 향은 몸속의 구석구석을 파고들죠. 하라르의 모든 집에서는 아침에 로스팅합니다. 친구와 가족들을 불러 향을 맡게 하는데, 그 향이 정말 대단해요. 그리고는 갈아서 커피를 만들어 마시지요. 저를 따라 오세요"

하이루와 아이들을 따라 좁은 골목길을 두리번거리며 따라나섰다. 골목길마다 벽돌담에는 카트 씹는 사람들이 길게 늘어 앉아 한가한 시간을 보내고 있다. 천막으로 겨우 해를 가린 노점에는 야채며 콩과 함께 커피가 나란히 팔리고 있다. 오랜 가뭄 탓에 물이 귀해 식수차 앞에는 아이들이 지루하게 자신의 차례를 기다리고 서있다. 아이들이 조심스레 다루고 있는 염소와 양들은 이곳 하라르에서도 소중한 자산으로 대접받고 있는 모양이다.

하이루가 자신의 친척집이라며 안내한다. 작은 마당을 지나 곧바로 사랑방과 침실을 겸한 거실로 들어간다. 현란한 색상의 카펫이 깔려있고 노란색의 벽과 밤색의 장식무늬가 잘 어울렸다. 밖은 무더운 한낮인데 집안은 생각보다 시원했다. 주인 할머니는 대원들을 한자리에 모이게 하더니 매우 익숙한 솜씨로 향로에 향을 피웠다. 이슬람 기도문을 외우는 할머니에게는 경건함이 느껴졌다.

태양 아래 잘 말려 딱딱해진 커피체리를 짚 바구니에 수북히 담아

영어와 프랑스어가 능숙했던 하이루. 가이드를 자청하더니 우리를 친척집으로 데려갔다.

물이 귀한 아프리카에서는 식수차를 기다리는
일이 일상인 듯했다.

내어온다. 할머니는 좀 더 큰 소리로 중얼중얼 기도문을 외운다. 어릴 적
시골 할머니께서 제사 지낼 때 하시던 모습이 떠오른다. 한쪽 끝을 깨물
어 깨알만 한 구멍을 내고는 입안에 남은 껍질은 카펫 바닥으로 '퉤' 하
고 뱉는다. 깨문 커피체리 9개를 모아 나무접시에 담고 다시 기도문을 외
운다. '99의 모스크와 신'을 뜻한다고 한다. 몇 해 전 터키의 한 시골 점
술사가 숫자 '9'는 '3'의 삼배수이기 때문에 완전함을 나타내고 주술적
인 의미도 지닌다고 한 말이 생각난다.

　　대원들 모두 커피껍질을 깨물기 시작한다. 여기저기서 들리는 '퉤퉤'

버터커피를 만드는 데 필요한 재료. 태양 아래 잘 말린 커피
체리, 버터, 설탕, 숯이다. 커피체리를 끓이다가 버터를 넣어
완성하는데, 마치 신비의 약을 마시는 듯한 기분이 들었다.

도자기 포트를 끓이는 할머니의 표정에는 진지
함과 무덤덤함이 뒤섞여있었다. 버터커피를 보고
신기해하는 우리 일행의 모습이 조금은 수선스
러워 보일 정도로.

소리가 신나기까지 한다. 방 안 가득 몰려온 아이들도 덩달아 따라한다.
이는 버터가 체리에 잘 스며들도록 하기 위한 과정이다. 보는 이에 따라
커피껍질을 까는 행위를 '남녀의 섹스'라는 의미가 깃든 분칼레Bunqalle
의식으로 보기도 하는데, 아무리 생각해봐도 그것은 지나친 해석이 아닐
까 싶다.

이 사람 저 사람의 침이 닿아 꺼림칙하기도 하지만 누구도 아랑곳하
지 않는다. 깨문 체리를 물에 씻은 후 주둥이 넓은 도자기 포트에 옮겨

담았다. 집에서 만든 염소와 양의 젖으로 만든 강한 향의 버터를 수제비처럼 뜯어 사이사이에 넣었다. 기도문을 외우는 할머니의 표정에는 진지함과 무덤덤함이 섞여있다. 마당 한켠의 주방 화덕에 장작불을 붙인다. 도자기 포트에 노란 버터 한 덩어리를 다시 넣는다. 장작불 곁에 앉아 기다리면서도 기도문은 계속 이어진다. 굵은 설탕 한 대접을 포트에 넣고 휘 저은 후 찬물이 담긴 대야에 넣고 식기를 기다린다. 포트에서는 완성된 버터커피, 세리 분Seri bune의 고소한 향이 진동한다.

그사이 할머니는 얇은 팬 바렛 메타드를 장작불 위에 올려두고 말린 커피체리 껍질을 볶고 있다. 검게 타기 직전까지 볶은 후 주전자에 물과 체리껍질을 넣고 끓인다. 바질잎의 일종인 탈레탐Taletom과 집에서 키워 짜낸 양젖을 넣고 한참을 끓인다. 커피껍질 조각과 바질잎이 조금씩 떠 있지만 진한 우유빛 커피 껍질차는 입안의 침샘을 자극하기에 충분하다. 이름하여 '아시르 카하와'다.

방안에는 어느새 인제라가 놓여있고 아이들은 방안에 가득 들어찬 지 이미 오래다. 아이들 눈망울이 초롱초롱하다. 할머니는 한손으로 찢은 인제라 위에 나무접시에 담긴 세리 분을 한 스푼 올려 보쌈처럼 싸서는 먹는 시늉을 하며 내게 건넨다. 초코칩 같은 고소한 맛이 난다.

"한편으로는 기대되면서도 두려운데요?"

의진이가 작게 속삭였다. 나도 이렇게 단 맛이 강한 음식은 어른이 되고는 먹어본 기억이 없을 정도다. 아이들이 덤벼들자 대원들도 손놀림이 바빠진다. 다들 기대하면서도 두려운 모양이다. 여기저기서 놀라움과 기쁨의 탄성이 들려온다. 커피 껍질차는 알맞게 식어 마시기에 적당하다. 맛도 맛이지만 뱃속이 편해지는 느낌이 마치 효험 있는 신비의 약을 마시는 듯하다. 하지만 버터커피를 너무 많이 마신 의진이는 그날 배탈이 나고 말았다.

버터커피를 우리가 알고 있는 커피의 한 종류라 말할 수는 없겠다. 그렇지만 커피가 이들에게 어떤 존재인지는 잘 보여주고 있다. 기호식품으로서의 음료가 아닌, 먹을 것이 부족한 이들에게 필요한 영양분을 보충할 수 있는 일 년에 한두 번 명절 때나 맛볼 수 있는 귀한 양식의 하나인 것이다.

커피농사에서 질 좋은 커피는 주민들의 몫이 아니다. 우리네 할머니의 농사가 그러했듯, 좋은 것은 내다팔고 쭉정이만 겨우 가족들에게 먹일 수밖에 없었던 초근목피草根木皮의 사정은 동서고금을 막론하고 같지 않을까. 커피를 커피로서가 아닌 껍질 말린 차로서밖에 마실 수 없는 형편을 보며 할머니 집을 무거운 발걸음으로 나섰다. 멀리 이탈리아 스타일의 코발트빛 이슬람 첨탑들이 산정상을 가득 메우고 있었다.

커피재배지를 카트에 내어주고 있는 하라르를 뒤로한 채 이번에는 디레다와로 향한다. 하라르와 인접해있는 디레다와는 오늘날 시멘트, 섬유 등 산업 전반에 걸쳐 비약적인 발전을 하고 있는 에티오피아 제2의 거대 인구집중 도시다. 디레다와는 아디스아바바에서 하라르를 거쳐 지부티로 향하려 계획된 철도가 1902년, 비용 절감을 이유로 하라르의 체르체르Chercher 고원지대를 통과하는 대신, 뉴 하라르로 일컬어지는 지금의 시가지를 관통하면서 세상에 알려지기 시작했다.

디레다와의 아침은 요란한 오토바이 택시 투투의 소리로 시작한다. 하라르의 작은 로스팅 공장에서 알려준 전화번호로 옥사데이Ogsadey 커피회사에 연락한다. 반가운 목소리로 당장 만나자는 옥사데이 사장의 목소리가 수화기를 통해 들려온다. 십수 년 동안 지구 반대편에서 이 회사의 커피를 사용했던 나는, 너무나 친숙한 짙은 초록 말 그림을 찾아 이곳 디레다와에 왔다는 감격에 흥분을 감추지 못한다. 마치 하라르 호스마크 커피를 나만의 커피인 양 자랑스러워 했기 때문이다. 한국에서부터 준비한, 직접 로스팅한 커피를 한 손에 움켜쥔다. 투투를 타고 디레다와 기차역에서 멀지 않은 옥사데이 본사를 찾는다.

전 세계로 수출하고 있는 옥사데이 커피회사. 말 문양이 인상적이다.

나지막한 단층건물에 'MAO-Mohamed Abdullahi Ogsadey' 라는 회사명이 한눈에 들어온다. 이슬람 냄새가 물씬 풍긴다. 사장에게 탐험대 소개를 하자 한국에서 자신들의 커피가 쓰이고 있다는 사실을 오래전부터 알고 있다며 반색한다. 70년 전 설립된 회사 이력이며 설립자인 큰 아버지는 지난해 향년 98세로 돌아가셨다는 얘길 들려준다. 에티오피아를 대표하는 하라르 커피를 수출하고 있지만, 하라르 지역의 커피 생산량이 점점 줄어들고 있어 걱정이라는 말을 잇는다. 지금은 하라르 주위의 넓은 지역 농가로부터 커피를 사서 이곳 디레다와에서 가공하여 하라르 커피 이름으로 수출한다며 장탄식을 한다. 궁금해하던 푸른 말 그림의 의미에 대해 물었다.

"운송수단이 발달하지 않았던 예전에는 말의 등에 커피를 실어 날랐는데, 설립자는 그렇듯 넘치는 힘을 뜻하는 의미로 말 문양을 회사의 상징으로 사용했습니다. 또한 디레다와는 오래전부터 말 시장으로도 잘 알려져있습니다."

준비해간 하라르 커피 봉지를 선물했다. 자신들이 생산한 커피가 한국에서 로스팅되어 다시 자신들에게 전해졌다는 사실이 믿기지 않는다는 표정이다. 주위 직원들에게 큰소리로 알리자, 다들 신기한 표정으로 앞뒤를 살핀다.

무쇠 절구로 하라르 커피를 빻고 있던 나이 어린 여직원은 익숙한 솜씨로 커피를 끓여 내온다. 오랫동안 늘 마셔오던 에티오피아 모카 하라르 커피이지만 그 커피의 본고장인 하라르의 옥사데이 본사 사무실에서 마시는 커피 한잔은 특별하지 않을 수 없다. 지금까지 마신 어느 하라르 커피보다 강렬하고 인상적이다. 회사의 상징인 황금장식의 말 모형을 만져보라 건네주고는 공장으로 가자며 발걸음을 재촉한다.

옥사데이 공장은 비록 함석지붕에 낡은 벽돌 건물이지만 넓은 부지 위에 잘 관리되고 있는 것으로 보인다. 아디스아바바의 바거리시에서 설비가 낡았다는 생각을 했으나 이곳 옥사데이의 설비 역시 크게 다르지 않은 것을 볼 수 있다. 수십 년 동안 선대로부터 전해져 내려오는 수동 가공방식을 지키고 있는 것은 전통을 고수하려는 그들의 의지인가 아니면 부족한 자본 탓인가.

뿌연 곡물먼지와 요란한 기계음은 이곳도 다를 바 없다. 대낮인데도 환하게 불을 밝힌 공장 안은 열기로 후끈거린다. 오랜 세월을 증명이라도 하듯 시멘트 바닥은 반질거려 미끄러질 정도다. 구식 훌링 머신을 통과해 파치먼트가 벗겨진 커피생두는 컨베이어벨트를 타고 여인들 앞으로 쏟아져 나온다. 5대의 컨베이어벨트 앞으로 300여 명의 여인들이 질이 떨어지는 커피를 집어내고 있다. 핸드 픽킹Hand Picking이다.

무쇠절구로 커피를 빻고 있는 옥사데이 여직원.

옥사데이 사장은 자신들의 원
두를 로스팅한 한국 제품을
받아들고는 자랑스러워 했다.

벨트 밑으로 쌓인 생두는 높이 솟아있
는 계량 호퍼로 옮겨진다. 건장한 청년들
은 둘씩 짝을 지어 쉴 새 없이 내려오는
생두를 마대에 정확한 무게로 담는다. 자
랑스러운 노란색 말 문양 인증서를 마대
에 넣는다. 송곳처럼 생긴 크고 뾰족한 바
늘을 이용해 굵은 마대끈으로 바느질을
한다. 한 마대를 바느질하는 시간은 불과
10초로 다들 일류 솜씨다. 그중 키가 유
난히 커 눈에 띄던 한 청년은 놀라는 대원
들을 향해 대수롭지 않다는 듯 씩 웃는다.
널따란 보관 창고 한쪽으로 커피 마대들
이 15층 높이로 차곡차곡 쌓였다.

　바깥쪽 그늘 아래에는 푸른 말 문양을
찍느라 세 사람이 분주하다. 알고 보면 그
리도 간단한 것을……. 마대 전체를 덮을만한 크기의 양철판에 말그림과
MAO 등 글씨가 오려져있다. 그저 큰 롤러와 붓으로 서너 번 문지르기만
하면 끝난다. 짙은 푸른색의 말 그림이 선명하다. 자메이카의 블루마운
틴 마비스 뱅크를 방문했을 때 오크통에 새겨진 검은 색 글씨들이 생각
난다. 마크와 글씨를 오려낸 책받침 같은 얇은 판을 오크통 위에 덮고 검
정 잉크를 칫솔에 묻혀 크게 다르지 않다. 제각각 주어진 환경에서 도구
는 다르지만 비슷비슷한 원리가 통용된다는 사실이 흥미롭다. 마대 역시
공장에서 자체 제작하고 있으며 잉크도 인체에 무해한 천연 재료라며 잔

옥사데이에서도 300여 명의 여인들이 손으로 커피
를 골라내고 있었다.

뚝 잉크가 묻은 맨손을 내밀어 보인다. 푸른잉크가 묻어 기이한 모습이
지만 미소가 빛났다.

어느 틈엔가 의진이와 상범이도 벨트 앞 여인들 틈에 끼여 앉아 픽킹
작업을 하고 있었다. 한데 어우러진 모습이 아름답다. 색깔이 검다는 것
외에 그들과 우리는 무엇이 다르겠는가. 슬픔과 기쁨, 노여움과 사랑스
러움에 대한 감정은 표현만 다를 뿐 한 치의 차이도 없으리라. 작은 일에
도 기뻐하고 감사할 줄 아는 마음은 우리보다 훨씬 크고 깊을 것을.

아침 7시부터 오후 5시 반까지 쉬는 시간을 뺀 나머지 여덟 시간을
일해 버는 돈은 10비르에 불과하지만 이나마 일자리를 구하는 것도 수월
한 일은 아니다. 내일에 대한 기약은 없지만 그렇다고 희망마저 없는 것
은 아니리라.

해는 아직 중천에 떠있다. 하라르 지역의 간다 케이어Ganda Caere지방

옥사데이의 상징인 호스마크가 찍힌 커피부대. 옥사데이 사장은
이 말그림이 말을 운송수단으로 사용하던 시절, '힘'을 상징했다
고 설명한다. 아래는 마대 전체를 덮는 양철판을 이용해 마크를
찍고 있는 옥사데이 직원.

으로 마타투는 달린다. 사막지대를 지났다. 간혹 지나치는 강줄기는 말라붙은 채 바닥을 드러내고 있다. 군데군데 커피나무들이 보이지만 규모를 갖춘 곳은 보이지 않는다. 수확기가 끝나 볼품이 더 없고 나뭇잎은 말라비틀어져 겨우 숨만 쉬고 있다. 아라비카의 명품 커피라는 말이 무색하다.

인적이 드문 강가 얕은 언덕 위로 빨간 열매를 맺고 있는 커피나무가 눈에 띈다. 20년 째 커피농사를 짓고 있다는 강한 인상의 오로모족 농부가 경계의 눈빛으로 맞는다. 같은 에티오피아 사람이면서도 암하릭어로는 말이 통하지 않아 주변에서 나타난 여러 사람 중 두 명이 통역을 자청하고 나선 덕택에 겨우 뜻이 통한다. 커피농사는 올해가 마지막이라 한다. 이제부터는 병충해에도 강하고 키우기도 쉬운 카트 나무를 키울 생각이란다.

공정 무역이니 지속가능한 발전이라는 말이 공염불로 들린다. 막 돌이나 지났을까 싶은 어린아이는 뜨거운 햇빛 아래에서도 엄마 등에 업혀 콧물 흘리고 있다. 아이 엄마는 앙상한 커피나뭇가지에서 따온 커피체리를 미리 준비해간 비닐봉지에 말없이 담는다. 약간의 돈을 쥐여주고 발길을 돌린다. 점점 붉게 물들어가는 석양 속으로 마타투는 달렸다.

사방이 고요해진 밤늦은 시간, 숙소 주인의 도움으로 각각 다른 조각 케이크를 동그랗게 만들어 의진이의 졸업 축하 파티를 열었다. 앞날에 이 순간이 좋은 기억으로 남아주기를 기도했다. 지부티로 가는 차편을 놓고 다시 박 피디와 머리를 맞댄다. 이동수단에 대한 고민은 탐험 내내 계속되고 있다. 역 앞 숙소에 묵으면서 혹시라도 커피를 실은 기차를 볼 수 있을까 하는 기대로 자꾸 철로로 눈이 갔다.

오래전 낙타 등에 실려 이곳을 지나쳤을 커피를 떠올린다. 철길이 뚫

하라르의 커피농장에서 만난 농부가 커
피체리를 두 손에 들고 포즈를 취해주
었다. 하지만 그는 내년에는 커피를 재
배하지 않겠다고 말했다.

리던 1900년대 초, 기차에 실려 아디스로부터 이곳 디레다와를 통해 홍해까지 갔을 커피. 열망하던 기차는 결국 포기하고 밤 12시에 출발하는 버스로 결정했다. 여섯 시간이면 충분하다는 숙소 주인의 귀띔이다. 하지만 랭보가 말한 '지옥에서 보낸 한 철'이 그곳에서 기다리고 있을 줄이야!

DJIBOUTI & YEMEN

지부티와 예멘

에티오피아 커피는 아디스아바바와 디레다와를 거쳐 지부티 항에 머물다가 홍해를
건너 모카 항으로 갔다. 그 길을 따라 탐험대는 지옥 같은 시간을 견디고 사막을 건
너 지부티 항에 도착한다. 하지만 그곳에 모카 항으로 가는 여객선은 없다. 가까스
로 소떼와 함께 홍해를 건너는 탐험대. 모카 항에 도착해서 옛 모습은 찾을 길 없는
폐허 같은 도시를 발견한다. 17세기 이전까지 유럽의 모든 커피는 예멘의 모카 항으
로부터 수입되었고 '모카'는 여전히 커피의 대명사로 사용되지만 예멘에서 오리지
널 모카커피의 흔적을 찾기는 쉽지 않다.

아프리카 커피 로드의 마지막 관문

사막을 건너는 길

좀 편한 좌석을 차지하기 위해 한 시간 일찍 11시에 터미널에 도착한다. 말이 터미널이지 책상 하나에 고물전화기 한 대가 전부인 두 평 남짓한 파리떼 득실거리는 사무실이다. 사람들은 보따리 짐과 한데 엉키어 낮부터 사무실 안팎에 진을 치고 있다. 어쩌면 어제 낮부터 기다리고 있었는지 모른다. 이들에게 기다림이란 무슨 의미일까. 30분이 지나도 출발은커녕 버스의 문도 열어주지 않는다. 왜냐고 묻는 사람도 없고 늦었다며 항의하는 사람도 없다. 1시가 돼서야 거만한 걸음걸이의 운전수가 어슬렁거리며 나타나 버스 문을 연다.

차례와 질서는 어디에도 없다. 가까스로 대원들은 앞뒤로 나란히 자리 잡았다. 안도의 한숨이 절로 나온다. 지붕 위에 실린 배낭이 걱정이지만 달리 손쓸 방도가 없다. 이제 출발이구나 하고 기다리지만 차안에 사람들만 늘어날 뿐 시간이 지나도 차는 움직일 기미가 보이지 않는다. 고약한 냄새를 풍기는 할아버지와 너무 가깝게 붙어 이제 한몸이 된 느낌이다. 작고 낡은 버스에 발디딜 틈이라고는 어디에도 없다. 장거리인 탓에 서서 갈 엄두를 못내고 승객들은 통로 바닥에 모두 주저앉았다. 통로

쪽에서도 좋은 자리를 차지하기 위한 다툼은 치열하다. 꼼짝달싹할 수 없다. 안전벨트 걱정은 안 해도 될 만큼 다닥다닥 붙어 앉았다.

상범이가 창가 쪽 자리를 양보한다. 창문은 고장나 아주 조금 열리고 만다. 레몬주스가 남긴 배탈이 도진다. 휴지는 버스 위 배낭에 실려있어 걱정이 이만저만이 아니다. 새벽 2시가 돼서야 출발한다. 출발시간이 문제가 아니다. 언제 도착할 지 기약이 없다는 점이 더 큰 문제다. 과연 이대로 지부티까지 갈 수 있을까. 대원들 모두 출발도 하기 전부터 고개를 떨구고 있다.

견디기 힘들다. 견디기 힘든 것은 육체적인 고통뿐이 아니다. 내게 주어진 혼란스런 상황, 그 속에서 어쩌지 못하는 내 자신에 대한 무력감과 책망⋯⋯. 내 의지와는 상관없이 그저 버스에 몸을 실어 어딘지도 모를 곳으로 가고 있다. 그곳이 목적지 지부티이기를 바라면서, 마치 지부티에 가면 모든 일이 해결될 것만 같은 생각으로⋯⋯.

사막 한가운데 버스가 멈춰 선다. 여명이 밝아온다. 동트기까지 한 시간여가 남은 것 같다. 사방을 둘러봐도 보이는 건 모래언덕밖에 없다. 운전수는 아무런 말이 없고 승객들은 조용히 버스에서 내린다. 참고 있던 배를 움켜쥐고 무작정 버스 뒤로 멀리멀리 달렸다. 하늘에는 지난번 하라르 가는 길에서 보았던 그 별무리들이 환한 빛을 밝히고 있다. 사막의 차가운 모래바람은 내 지친 몸을 다시 일으켜 세운다. 사막에 차를 세운 건 이슬람의 기도시간 때문이었다. 황량한 사막 한가운데에서 모두 한곳을 바라보며 기도한다. 아무도 불평하지 않는다. 사람들은 여기저기 땅바닥에 네탈라를 몸에 감고 잠을 청한다. 커피 세레모니 때 어깨에 둘렀던 네탈라는 사막에서 바람을 피하는 데 요긴하게 쓰인다. 그들의 옷과

국경을 통과하는 일은 멀
고도 험하다. 사막에는
이정표가 없다. 그리고
운전기사도 말이 없다.
오직 이 작은 버스가 국
경을 무사히 통과하기를
바랄 뿐.

의식은 이렇게 사막과 하나가 된다. 출발하기 전 되뇌었던 아프리카 속
담을 떠올린다.

　　　빨리 가려면 혼자 가라.
　　　멀리 가려면 함께 가라.
　　　빨리 가려면 직선으로 가라.
　　　깊이 가려면 굽이 돌아가라.
　　　외나무가 되려거든 혼자 서라.
　　　푸른 숲이 되려거든 함께 서라.

　지부티 가는 길은 멀고 험하다. 디레다와 숙소 주인이 지부티까지 여

섯 시간 걸린다고 했지만 이미 사막의 이글거리는 해는 정오에 가까워지고 있다. 아무것도 먹지 못하고 있다. 그나마 배낭에는 약간의 비상식량이 있긴 하지만 꺼낼 엄두도, 먹고 싶은 마음도 없다. 오직 조금 남아있는 물에만 의지하고 있다.

탐험 막바지를 치닫고 있는 지금, 대원들의 건강이 걱정이다. '내가 왜 사서 이 고생을 하는 거지?'라는 질문과 수도 없이 싸우고 있을 그들이 안쓰럽다. 커피의 발자취를 따라 탐험한다는 사실 하나에 자신들의 전 재산인 열정으로 버티는 일행에게 박수를 쳐주고 싶다.

에티오피아와 지부티의 국경지역에 도착한다. 국경을 넘으면서 드는 긴장감은 아무리 여행을 많이 다녀도 변하지 않는다. 지부티 국경을 앞에 두고 가슴이 두근거린다. 지친 몸을 이끌고 입국 심사대 앞에 선다. 나는 애써 심사원 앞에서 웃음을 짓는다. 프랑스식 군모를 쓴 무표정한 심사원은 여권과 지부티 비자를 뚫어져라 쳐다본다. 심사원은 배낭을 모두 풀어헤치라고 명령했다. 박물관 전시물로 쓰기 위해 그동안 수집했던 물건들이 검색대 위로 펼쳐진다. 화가 머리끝까지 치민다. 상범이와 의진이의 얼굴이 붉으락푸르락한다. 점잖은 박 피디도 이번만은 혼잣말로 거친 소리를 해댄다. 무슨 소용 있으랴.

국경지역에서 작은 마이크로 버스로 갈아탄다. 다 끝난 줄 알았던 여권 심사와 짐 검사는 국경지역을 통과하면서 세 번이나 더 받았다. 우리는 매번 짐을 버스 지붕 위에서 검색대로 옮겨야 했고, 나중에는 자포자기 될대로 되라는 심정이었다. 버스에 탄 모든 사람들이 에티오피아 난민 취급을 당하고 있다. 지부티 항 입구에 제멋대로 지은 난민촌이 보인다. 많은 사람들이 이곳에서 내린다. 베트남 국기가 보인다. 과거 이곳이

프랑스 식민지였다는 사실을 확인할 수 있다.

아침과 점심을 건너뛴 대원들은 모두 탈진 상태다. 국경에서 지부티 돈으로 환전을 못해 물 한 모금 사서 마실 수 없다. 서로 어깨를 기댄 채 겨우 숨만 쉬고 있다. 쏟아지는 뙤약볕과 여인들의 수다로 정신병자가 될 지경이다. 소말리아로부터 탈출하는 난민을 찾아내기 위한 검문은 그 사이 10여 차례가 있었다. 지옥 같은 열세 시간을 보낸 후에야 지부티는 우리를 맞는다.

소떼와 함께 홍해를 지나

1977년 프랑스로부터 독립한 지부티는 북으로는 에리트레아, 동과 남으로는 에티오피아, 소말리아와 국경을 접하고 있다. 도시국가인 지부티는 수도인 지부티시티가 국가의 중심이요 영토의 대부분을 차지한다. 홍해를 앞에 둔 지부티 항은 동아프리카의 물자가 모두 모이는 교역의 요충지다. 에티오피아에서 온 커피와, 소말리아에서 온 가축은 지부티 항에서 아랍·유럽·인도 등지로 전해지는데 이것이 국가 수입의 대부분이다.

업무시간이 끝난 지부티 주재 예멘 대사관에 5시가 다 돼서야 도착했다. 예멘 영사는 입국 이유를 물었다. 커피의 역사를 찾기 위해 일정상 내일 예멘에 들어가야 한다고 나는 반쯤 넋이 나간 얼굴로 답변했다. 그는 위아래로 탐험대원을 훑어보더니 그 자리에서 30분이 안 걸려 비자를 발급해주었다. 세상에 이런 일도 있구나. 대원들 모두 의기양양하다. 잠시 전의 지옥은 까마득한 옛일 같았다.

예멘 대사관에서 항구까지 2000지부티프랑으로 택시 요금을 흥정했

천신만고 끝에, 무려 열세 시간이나 걸려 도착한
지부티 항. 하지만 여기에 모카로 가는 배는 없다.

다. 막상 도착하니 일인당 2000지부티프랑이란다. 차량 위에 실린 짐은
별도란 말에 어이가 없었다. 세상 구석구석 험한 곳을 많이 여행하면서
도 이런 심한 바가지는 처음 당한다. 실랑이가 벌어지고 구경꾼들이 모
인다. 기력이 없어 적당히 깎아주고 말았지만 바보가 된 느낌이다.

모카Mocha 항으로 떠나는 배는 없다 한다. 정기 여객선은 물론 없고
화물선도 언제 떠날지 모른다 한다. 외국의 화물선이 지부티로 와서 짐을
내려놓고, 다행히 그 배가 모카로 다른 짐을 싣고 떠나면 얻어 탈 수 있다
는 얘기다. 그것도 운 나쁘면 스무 시간이 걸린단다. 청천벽력과 같은 얘
기다. 막연히 꿈꾸어온 홍해가 사라지는 순간이다. 짐마 농부들의 손을
떠난 커피가 아디스아바바와 디레다와를 거쳐 이곳 지부티에서 잠시 머
물다 홍해를 건너 모카로 건너간 여정. 오로지 그 여정을 따라 지옥 같은

시간을 견디고 지금 이곳까지 오지 않았는가. 박 피디와 머릴 맞댄다.

"박 피디, 내일 건너가지 못하면 예멘은 둘러볼 수도 없고, 배가 생길 때까지 여기서 마냥 기다릴 수도 없으니, 돈이 들더라도 비행기로 건너자."

촬영에 미련을 둔 박 피디는 한참을 생각한 후 답했다.

"네, 할 수 없지요. 그럼 그렇게 하시죠."

급히 시내 항공사를 찾아 나선다. 문명의 흔적들이 보인다. 바쁜 우리와 달리 주민들은 나른한 발걸음이다. 시내를 구경할 여유가 생기질 않는다. 주민들은 낯선 동양인들의 행렬이 신기하다는 듯 쳐다보며 한마디씩 건넨다. "곤니치와?", "니하오?"

앞서 걷던 박 피디가 갑자기 돌아서며 나를 불러 세운다.

"관장님, 우리 홍해는 배로 건너야 하지 않나요?"

"······그렇지, 건너야지······."

도대체 지부티에서는 제대로 된 판단을 할 수 없다. 박 피디의 말이 옳다. 당연한 얘기가 아닌가. 여기에 우리가 왜 왔는가. 홍해를 건너 커피의 전파 과정을 온전히 체험해보자고 계획하지 않았던가. 그런데 막상 이곳에 도착하자 탐험의 목적은 흔들리고 홍해를 한 번 느껴보려 하지도 않았다니 부끄럽다. 우리는 탐험을 무사히 끝마치고 시간 맞춰 돌아가는 일에만 신경을 쓰고 있었다. 수많은 눈물과 그리움이 오갔을 역사의 현장을 어찌 편하게 비행기로 건너려 한단 말인가. 참으로 고마운 말이었다. 하마터면 내가 여기에 왜 왔는지조차 모르고 여정을 마칠 뻔했다.

식당에 들러 꼬박 24시간 만에 저녁을 먹는다. 진한 커피 한 잔과 함께하는 식사는 그야말로 달콤했다.

박물관 음성안내에 쓰기 위해 녹음을 한다. 식당 종업원은 몇 차례나 커피를 '분Bunn'이라고 정확히 발음한다. 에티오피아의 영향이다. 대다수가 이슬람교도인 지부티 사람들은 예멘과 밀접한 관계를 유지하고 있지만, 커피를 커피나 카화가 아닌 '분'으로 발음한다. 하지만 이곳도 길거리에 카트가 넘쳐난다. 이슬람 전체가 즐기는 커피 문화는 이미 옛날 일쯤으로 여기고 있다.

지부티에서 하루를 묵고 아침 일찍 항구로 나섰다. 오후 4시에 배가 뜰지도 모른다는 소식을 전해 들었다. 뜨거운 햇살은 여기서도 어김없다. 지부티의 홍해는 그리 맑아 보이지 않는다. 항구 옆으로 작은 모래톱이 펼쳐져있다. 누가 먼저랄 것도 없이 대원들은 홍해로 뛰어든다. 그리도 보고 싶어하던 홍해가 아니던가. 바다냄새가 물씬 풍긴다. 짠맛이야 다를 게 없겠지만 일행들은 손에 바닷물을 담아 맛을 본다. '홍해에 몸을 적셔본 이가 세상에 얼마나 될까?' 감격한 우리는 바다를 향해 소리친다. 수많은 이들의 애환이 서려있을 홍해는 말없이 파도만 만들어내고 있다.

항구에 도착한 시간은 오후 2시다. 지부티 항 여객책임자라고 자신을 소개한 브로커 알리에게 적지 않은 웃돈을 예약금으로 얹어주고 나서야 그들이 지정해준 대기소에서 겨우 배를 기다릴 수 있게 됐다. 대기소라 해야 선착장 창고의 그늘 아래 맨바닥이다. 어제 보았던 검은 니캅Niqab으로 얼굴을 가린 소말리아 여인 십여 명이, 하루가 지난 지금까지 대기소에 짐을 두고 벽에 등을 기댄 채 하염없이 배를 기다리고 있다. 여인들은 4일째 그렇게 배를 기다리고 있다 한다.

이제 한두 시간 늦는 것 쯤이야 대수롭지 않다. 6시경, 보물섬에서나 볼 수 있을 법한 해적선 같은 목선 두 척이 항구로 들어온다. 그중 한 대가 모카로 떠날 거라 한다. 부두를 오가는 사람마다 제각각 말이 틀려 이

해변에서 잡은 작은 게를 자랑하는 소년, 지부티 항에 붙들린
우리 심정과 저 작은 게의 마음은 크게 다르지 않을 듯하다.

마저 믿을 수 없다. 브로커 알리는 온데간데 없다. 밤이 깊어간다. 막연
한 기다림은 시작되었다. 밤 9시가 되어서도 떠날 기미가 없다. 그 사이
부두에는 소떼가 목선에 실리고 있다. 500마리가 넘는 소떼를 옮겨 싣는
일은 자정이 지나서야 끝이 난다. 오후 2시부터 꼬박 열한 시간을 항구에
서 기다린 끝에 우리도 소떼 가득한 화물선에 오른다. 새벽 1시다.

아프리카 흑인 노예시장으로 명성이 드높았던 지부티, 랭보가 낙타
카라반으로 커피를 실어 날랐던 곳, 그 지부티를 지금 떠난다. 지부티에

정체를 알 수 없는 해적선 같은 배가 들어온다. 랭보가 유럽으로
커피를 보내던 시절, 이런 상선이 홍해를 누볐을 것이다.

서 기억나는 건 길거리에 가득 넘치는 호객꾼의 눈빛과 몸짓이 전부다.
그것은 아프리카에서 기억하고 싶지 않은 전부다. 지부티는 아프리카 땅
이면서도 아프리카가 아니었다.

　한밤의 항구는 고요하다. 갑판 위에서 불빛 가득한 항구를 뒤돌아보
며 뺨에 스치는 선선한 바닷바람을 맞는다. 이곳에는 왜 왔으며 지금 내
가 하고 있는 일들이 무슨 의미가 있는지 생각해본다. 바다가 주는 관대
함일까, 드디어 떠난다는 홀가분함일까, 고요한 바다의 평온함이 나를

바로 세워주고 있다.

홍해는 평소 생각했던 것보다 훨씬 넓다. 아프리카 대륙과 아라비아 반도 사이에 있는 홍해는 남북으로 2300킬로미터, 동서로 360킬로미터에 이르는 큰 만이다. 모세의 기적은 잘 상상이 되지 않는다. 지도를 펼쳐놓았을 때 금세 손에 닿을 것 같았던 모카 항은 가도 가도 보이지 않는다. 망망대해다. 이슬람 여인들과 한데 섞여 갑판 위에 쓰러져 잠이 든다. 뱃전에 부딪히는 파도소리가 자장가처럼 들린다.

홍해의 태양이 눈부시게 떠올랐다. 구름 사이로 솟은 태양은 모든 것을 붉게 물들인다. 홍해는 바닷속 해조류의 영향으로 물빛이 붉게 보인다 하여 붙은 이름이다. 그 바다가 지금은 더욱 아름답다. 장엄한 광경을 놓칠세라 대원들 모두 꾀죄죄한 모습으로 졸린 눈을 비비며 조타실 위로 올랐다. 상범이는 열심히 카메라 셔터를 눌렀다. 의진이도 열심히 이 순간의 감동을 노트에 적고 있다. 박 피디는 일출 전부터 카메라를 돌리고 있다. 모두 어깨동무를 하고 감격한다. 커피의 역사를 따라 이곳까지 왔다는 사실에 대견스러워하며 지나온 여정을 떠올린다.

500마리도 넘는 소가 밧줄에 매여 차례차례 배에 탄다. 등에 튀어나온 큰 혹 덕분에 밧줄이 목 아래로 흘러내릴 염려는 없다. 녀석들은 바다를 건널 운명을 알고 태어난 것일까? 이 작업은 지루하게도 3시간 넘게 걸렸다.

모카로 향하는 배 안에서 늙은 선원이 커피를 마신다. 멀리 바다를 바라보는 그윽한 눈빛이 세월의 깊이를 짐작케 한다. 커피는 언제, 어디서나 사색을 함께하는 훌륭한 동반자다.

날이 환하게 밝자 아름다운 홍해 위에 떠있는 소떼 550마리가 눈에 들어온다. 자신들이 쏟아낸 배설물로 축축한 바닥에 배멀미를 견디지 못한 한두 마리가 쓰러지기 시작한다. 선원들은 달려가 필사적으로 녀석들을 일으켜 세운다. 한두 마리가 좁은 화물칸에 주저앉으면 그만큼 다른 소들은 설자리가 없어지고 결국에는 소들의 큰 싸움으로 번지기 때문이다. 큰 눈만 끔뻑거리고 있는 녀석들의 처지가 우리와 크게 달라 보이지는 않았다.

커피 한 잔이 간절하다. 준비해간 커피를 인도선원에게 끓여달라고 부탁했다. 선원은 선뜻 커피를 건네받았다. 잠시 인도선원의 친절을 지

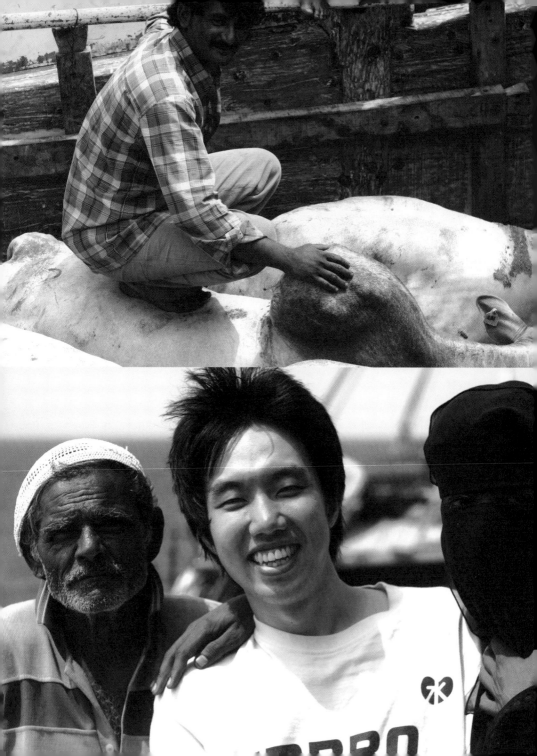

부터 사람들의 속임수와 연결시켜 의심했다. 하지만 그들이 순수한 뱃사람이라는 사실을 깨닫는 데는 그리 오랜 시간이 필요치 않았다. 홍해의 아침 풍경에 정신이 팔린 사이, 그는 커피에 우유와 설탕을 마구 타버린 주전자를 들고 왔다. 그 바람에 기대한 커피 맛은 아니었지만, 인도선원들과 검은 베일의 예멘·소말리아 여인들과 커피를 나누어 마시며 잊지 못할 추억을 만들었다.

정오쯤이면 도착할 수 있으리란 예상은 애당초 무리였다. 하지만 육지가 가까워지고 있다는 소식을 알리기라도 하듯 작은 고깃배들이 하나둘 보이기 시작한다. 갈매기가 머리 위를 날고 있다. 어렴풋이 육지가 보인다. 16시간의 항해 끝에 드디어 모카항에 도착하고 있다. 가슴속에 그려왔던 모카항의 모습이 두 눈 가득 들어온다. 쪽빛 바닷물이 수정처럼 맑다. 항구 한 켠에 버려진 낡은 배가 처량하게 떠있다.

모세가 두 발로 홍해를 건넜다면, 왼쪽 위 사진의 저 사내는 소 등에 올라타 홍해를 건넌다. 이 배는 여객선이 아니니, 홍해를 건너는 소떼에게 사람들이 신세를 진 셈이다.
아래는 커피를 함께 나눠 마신 인도선원, 상범, 이슬람 여인. 탐험대와 어느새 친구가 되었다.

모든 커피는 모카로 통한다

오리지널 모카커피를 찾아서

항구에 도착해 처음 만난 세관원은 하얀 천으로 온몸을 휘감은 채 초승달 모양의 황금빛 전통칼 잠비아Jambiya를 배에 차고 고압적인 자세를 하고 있다. 시바여왕의 나라, 아라비아의 신비로 가득한 곳이라는 소문이 실감

허물어진 건물, 뒹구는 주춧돌, 인적이 드문
거리. 마을은 마치 폭격을 당한 것만 같았다.

한때 아프리카와 예멘 커피 모두 이곳 모카 항을 거쳐 유럽
으로 수출되었다. 아직도 커피를 가리켜 '모카'라 부르지만,
항구의 영광은 옛일이 되어버렸다.

났다. 항구에 있는 예멘 사람 모두 한쪽 뺨에 커다란 혹이 있어 신기해 보
였다. 이곳에서도 오후 시간이면 누구나 카트를 즐긴다는 사실이 떠올랐
다. 기독교 나라인 에티오피아를 떠나기 전부터 줄곧 보아왔던 카트이지
만, 이렇듯 공공연하게 출입국 심사대의 세관원, 심지어 경찰에 이르기까
지 한입 가득 혹을 만들어 씹고 있다는 사실이 놀라울 따름이다.

　목선이 닿은 곳은 모카 신항이다. 옛 모카 항은 백사장을 중심으로 신
항 반대편에 있어 택시로 10분을 더 가야 한다. 차창 밖으로 폐허가 된 건
물들이 하나씩 눈에 들어온다. 비로소 옛 모카 항에 발을 딛는다. 사람이

간혹 보이기는 하지만 유령도시 같다. 거리에는 쓰러질 듯한 전신주, 뒹
구는 주춧돌, 무너진 집들이 이방인을 맞는다. 좋은 기후 덕분에 '그린 예
멘Green Yemen'이라 불리던 시대는 역사 속으로 묻힌 듯하다. 바닷가에
는 먼 곳에서 쓸려온 지푸라기며 비닐봉지 같은 온갖 잡동사니들이 널브
러져있다. 그 근처를 들개떼들이 어슬렁거린다. 다만 골목이 제법 큰 것
으로 미루어 한때 모카 항에 많은 사람들이 살았음을 짐작할 수 있다.

커피의 원산지는 에티오피아이고 그 야생커피를 처음으로 경작한 곳
이 예멘이다. 800년경 에티오피아의 '카파' 지방에서 발견된 '분'은 이슬
람 수도사에 의해 성지 메카와 메디나를 포함한 아라비아반도 전역에 알
려지게 된다. 초기에는 종교적 논란으로 이슬람 사원 뜰에서 비밀리에
재배되던 커피가 수도승에게 잠을 쫓는 약으로 인정을 받으면서, 비로소
이슬람 제국의 성스러운 음료가 되었다. 에티오피아 '카파'에서 온 '분'
을 아랍 사람들이 그들 발음으로 '카하와Qahwah'라 부르는 것은 매우
자연스러운 일 아닐까? 기독교 사회에서는 1605년 교황 클레멘트 8세에
의해 '이교도의 사악한 음료'라는 멍에를 벗게 되면서 커피는 유럽 전역
으로 급속히 퍼져나가게 된다.

17세기 이전까지 유럽의 모든 커피는 예멘의 모카 항으로부터 수입
됐다. 수도 사나Sanna에서 재배된 예멘 커피와 지부티 항을 통해 들어온
에티오피아 커피가 이곳 모카 항에 모여 영국, 프랑스, 네덜란드 등 유럽
전역으로 팔려나갔다. 이런 이유로 당시 유럽 사람들은 예멘 커피와 에
티오피아 커피의 구분없이 모두 모카라 일컬어졌고, 지금까지 그렇게 부
르고 있다. 하지만 굳이 따져 말하자면 '에티오피아 모카', '예멘 모카'
가 맞는 말이다. 이후로는 친근함과 편리성을 내세워 '커피' 자체를 뜻할

모카 항에 하나뿐인 카페에서 커피를 주문했다. 인스턴트 재료로 과연 모카커피의 향기를 되살릴 수 있을까?

때도 '모카A cup of Mocca'라 불렀다. 인도의 자바Java에서 커피가 재배된 뒤로는 커피를 '자바A cup of Java'로 부르기도 했다.

19세기가 될 때까지 영화를 누리던 모카 항은 커피의 주요 생산국이 남미와 아프리카로 확대되면서 쇠락의 길로 접어들게 된다. 동네를 한참 동안 몇 바퀴를 돈 후에 커피집에 들렀다. 나무간판에 '카페 주테, 모카Cafe Zoute, Mocha'라 써있다. 커피 한 잔을 주문하자 스물두 살 사장인 타렉이 별사람 다 보겠다는 듯 이리저리 살피고는 고갤 갸우뚱거리며 커피를 만들어낸다. 언제부터 이 커피점이 생겼느냐는 질문에 모른다고 잘라 말한다. 이 젊은 사장은 낡고 시시콜콜한 역사 따윈 안중에도 없어 보인다. 그렇다고 생업에 열중인 그를 두고 역사를 모른다며 어찌 책망할 수 있겠는가.

주인은 대충 헹군 유리잔에 인스턴트커피를 두 스푼 넣은 뒤, 끓고 있는 양은 주전자 하나를 골라 뜨거운 물을 붓는다. 그리고 언제 뚜껑을 땄는지 알 수 없는 깡통에서 연유를 가득 붓는다. 계피가루를 듬뿍 뿌리더니 젓지도 않고 건네준다. 멀건 모카커피를 한 모금 마신다. 근사한 바닷가 커피집 테라스에서 모카 항을 바라보며 진한 모카커피를 한 잔 마셔보고 싶었던 꿈은 황망히 날아간다. 그저 이름만 카페인 이 좁고 낡은 공간을 바라보고 있을 뿐이다. 모카 항 유일의 커피점에서 마시는 오리지널 모카커피가 이렇다면 이제 무슨 기대를 더 하겠는가.

어둑해질 무렵 폐허가 된 동네를 다시 돌아본다. 뼈대만 앙상한 2층 건물에는 아르데코art déco의 기하학적 감각이 묻어있어 과거의 영화를 어렴풋 짐작할 수 있을 정도다. 거친 모래와 굵은 돌멩이가 나뒹구는 골목길, 그 위를 지나는 나귀와 오토바이, 덕지덕지 붙은 선거 포스터, 왜

소해 보이는 첨탑은 항구의 전성기가 까마득한 옛일임을 보여준다. 그 어디에도 지난날의 화려함은 없다. 허물어진 잿빛 건물 너머로 홍해가 보인다. 어느새 어둠이 내린다.

모카 항을 떠난다. 산을 넘고 사막과 바다를 건너 가까스로 도착한 모카 항을 불과 네다섯 시간 둘러보고 떠난다. 모카에서 하룻밤을 지내려던 계획은 마땅히 잘만한 숙소를 찾지 못했거니와, 으스스한 이곳의 분위기가 두렵기도 하여 포기하였다. 아쉬움을 접어둔 채 예멘의 옛 수도였던 타이즈Taizz로 발걸음을 재촉한다. 어두워진 모카 항을 돌아본다. 쓸쓸히 밀려드는 홍해의 파도소리를 들으며 다짐해본다. 언젠가 다시 돌아오리라.

인구 30만의 도시 타이즈에서 아침을 맞았다. 산꼭대기에 빽빽이 들어찬 집들이 인상적이다. 모처럼 느긋하게 산책을 한다. 검은 니캅의 여고생들이 등교시간에 맞춰 종종걸음이다. 니캅에 숨어있는 눈동자는 활력이 넘친다. 오거리 교차로는 일자리를 구하려는 사람들로 넘쳐난다. 톱이며 망치·페인트·롤러 등을 든 사람들이 저마다 차에 다가가 흥정한다. 사람 사는 모습은 어딜 가나 다 비슷비슷하다.

노점에서 커피 한잔과 갓 구운 빵 한 조각을 시킨다. 길거리 커피이지만 막 우려내서 그런지 신선한 맛과 향이 난다. 커피는 미리 갈아둔 원두를 쓰고 있다. 커피는 향료가게에서 사다 쓴다고 한다. 바로 옆 향료가게를 기웃거리니 안에서 들어오라며 손짓한다. 곱게 갈아놓은 두 종류의 커피를 얇은 비닐에 500그램씩 담아 팔고 있다. 아침부터 빈손으로 나오기가 머쓱해 그중 조금 비싼 예멘 모카 마타리Mattari를 산다. 말랑말랑한 촉감이 좋다.

이제 우리는 돌아갈 날을 세고 있다. 애당초 숨 가쁘리라 여기고 짠

타이즈에서 아덴으로 이동하기 위해 합승 택시를 탔다. 지금까지의 여정을 생각하면 '사치'에 가깝다.

일정이었지만 사우디와 이집트는 결국 포기할 수밖에 없다. 수도 사나 인근의 모카커피 재배지역을 둘러보는 일도, 아덴 항으로 가서 커피의 흔적을 찾아보는 것으로 대신해야 한다. 모카 항과 더불어 커피를 세계로 전해준 또 다른 관문이 아덴 항이기 때문이다.

타이즈로부터 남동쪽으로 135킬로미터 떨어진 아덴까지 합승 택시를 탄다. 한낮의 뜨거운 햇빛 아래 사막을 달리는 합승 택시는 운전수를 빼고도 여덟 명이 타야 하기에 비좁다. 천장까지 낮아 내내 웅크리고 가야 한다. 그렇지만 이미 하라르, 디레다와, 지부티, 홍해의 무수한 기다림을 경험한 우리가 아니던가. 호사스런 택시를 타고 불평한다는 것은 우리 탐험대에게는 걸맞지 않는 일이라며 한바탕 웃음을 터뜨린다.

문명의 슬픈 그림자, 아덴

아덴으로 가는 길은 남부 산악지대를 지난다. 아프리카의 풍경과는 확연히 다르다. 한가로이 풀을 뜯는 염소와 양은 보이지 않고 우릴 반겨주던 아이들의 환호는 더 이상 들리지 않는다. 바위산은 멀리서 우릴 에워싸듯 겹겹이 솟아있고 주위로는 갈색의 모래 언덕이 끝없이 펼쳐져있다. 군데군데 나무가 보이기는 하지만 겨우 초록의 흔적일 뿐, 숲을 이루지는 못하고 있다. 가시덤불이 자라 나무가 된 것은 아닐까.

마르코 폴로Marco Polo와 이븐 바투타Ibn Battūtah가 13~14세기에 아덴을 방문한 기록을 남김으로써 널리 알려지기 시작한 아덴은, 커피가 유럽뿐 아니라 전 세계로 퍼지는 데 지대한 영향을 끼쳤다. 예로부터 향신료무역의 중개 항구로 번영했고, 1869년 수에즈 운하가 개통된 이후에

갯벌 위를 걷는 홍학의 여유로운 풍경과 달리, 자유무역항 아덴은 소말리아 보사노 항에서 목숨을 걸고 밀입국한 수많은 아프리카 난민이 머무는 곳이다.

는 유럽과의 교역이 더욱 활발해졌다. 오늘날에는 아프리카, 유럽은 물론 아시아를 연결하는 국제적인 자유무역 항구로 발전했다.

갯벌은 수평선이 보이지 않을 만큼 멀리 뻗어있다. 홍학과 노랑부리 저어새가 바닷가를 배회하고 있다. 멀리 반짝이는 바닷물과 그 위를 나는 새들이 평화롭다. 한가로운 아덴의 첫인상은 큰 바위산 하나를 통째로 덮고 있는 '예멘 모바일' 간판을 보자 이내 사라진다. 항구로 향하는 길 오른쪽으로 아덴 자유무역항 표지판이 크게 눈에 띈다. 풀 한 포기 보이지 않는 바위산은 뜨거운 햇빛을 견디지 못하고 열기를 고스란히 길거리로 뿜어낸다. 더위를 피해 큰 건물 아래로 배낭을 옮긴다.

아덴의 커피점을 둘러보기 위해 차를 한 대 빌린다. 사나를 경유해 터키로 가는 비행기는 자정에나 있다. 영어가 통하지 않지만 문제되지 않았다. 점심시간이 지나면서 여기저기서 카트 씹는 사람들이 보였다. 운전기사 나집Najib도 입 안 가득 풀을 뜯어 넣고 있다. 자동차 기어박스 옆에 한 가득 카트가 놓여있다. 하라르로 갈 때 아마레와 그의 조수가 씹던 카트를 보며 밤새 불안에 떨었던 순간들이 생각났다. 모카커피를 찾아나서면서 카트 이야기를 한다는 사실이 슬프기도 하지만, 사실 예멘에서 카트 얘기를 하지 않을 수는 없다.

카트는 커피가 그렇듯 에티오피아에서 왔다고 전해진다. 카트는 원래 종교적인 약용식물로 취급되었으나, 오늘날에는 예멘인들이 자신의 월수입 중 30퍼센트를 들여 구매할 만큼 대중화되었다. 오후가 되면 삼삼오오 모여 연한 나뭇가지 잎을 탁구공 정도의 크기가 될 때까지 입에 넣고 껌처럼 씹어 그 즙을 음미한다. 시간이 지나면서 호흡과 맥박이 빨라지고 정서적인 흥분을 느끼게 되는데, 술이 금지된 이슬람에서 사람들은

찻잔 간판을 보고 들어갔으나 밀크티를 파는
가게다. 아덴에서 전통 모카커피는 카트와 밀
크티에 밀려 찾아볼 수 없다.

카트를 통해 정신적인 힘을 얻는다고 믿는다. 카트는 자신들만의 고유문
화이며 나아가 신이 주신 선물이라는 것이 그들의 생각이다.

아덴은 빠른 속도로 변하고 있다. 전통 커피점을 찾아 나섰지만 모카
커피를 팔고 있는 집은 찾을 길이 없다. 1930년 이후 우후죽순처럼 생겨
났던 구아덴 중심가의 커피점들은 이미 전통 커피점이라고 보기에는 지
나치게 현대화되어버렸다. 그곳 메뉴에서 모카커피는 더 이상 존재하지
않는다. 광장 앞 모퉁이에 유난히 낡아 보이는 메단Medan을 찾아 들어갔

탐험대는 수소문 끝에 전통 모카커피를 만든다는 가게를 찾았
다. 시장 사람들이 커피점으로 몰려들었다. 그들이 궁금한 것은
모카커피일까? 이방인의 생김새일까?

큰 눈을 뜨고 탐험대원을 바라보는 아이들. 훗날 이들은 우리를 어떤 모습으로 기억할지 궁금했다.

으나 1955년 세워졌다는 말만 들었을 뿐 커피는 팔지 않았다. 커피 잔에 555라고 쓰인 간판을 보고 반가워 들어가려다 자세히 보니 커피 잔이 아닌 홍차 잔이었다. 주인은 밀크티가 맛있다며 권한다. 운전수 나집도 속이 타는지 여기저기 수소문한다.

　물어물어 시장 뒷골목으로 들어섰다. 가로등이 드물어 어둑어둑한 골목에는 상점 간판의 불도 꺼져있다. 골목은 음침하다. 하지만 더위를 피해 놀고 있는 아이들이 여럿 있어 안심이다. 그리 위험한 장소 같지는 않다. 줄지어선 3층 건물의 이슬람 문양의 창틀이 독특하다. 시장 골목길 한가운데 자리한 모스크가 불을 환히 밝히고 있다. 셔터가 반쯤 닫힌 상가가 눈에 띄었다. 간판이 놓여있어야 할 자리에 정치인들의 선거 포스터가 덕지덕지 붙어있다.

손님이 왔다는 소식을 듣고 깜짝 놀란 표정의 무하마드 할아버지가 나타난다. 셔터를 올리고 여섯 평 남짓한 커피점으로 들어간다. 코란의 기도문이 벽에 덩그러니 걸려있다. 조용하던 가게 주위로 사람들이 몰려든다. 전통 모카커피점을 찾아왔다 말하자 할아버지는 이내 어깨를 으쓱거린다. 백 년 전 이 지역이 시장의 중심가이던 시절, 자신의 할아버지가 이 커피점을 처음 운영했다고 한다. 그것을 아버지가 물려받았고, 또 자신이 이어받아 일흔 살이 되도록 지키고 있다고 했다. 하지만 지금은 누구도 이 커피점을 하려고 하지 않는다며 쓴웃음을 짓는다.

제대로 된 모카커피 한잔이 마시고 싶다 하자 화덕에 불을 지핀다. 흔들거리는 나무탁자, 투박한 커피 잔, 찌그러진 양은 주전자 무엇 하나 새것이 없다. 할아버지는 신이 나서 중얼거린다. 홍차가 반쯤 담긴 주전자에 커피가루 한 움큼을 붓고는 끓인다. 여기서도 설탕과 계피가루가 들어간다. 아덴의 전통 커피집에서 커피 한 잔을 마신다. 천천히 음미한다. 이곳에도 그렇게 찾아 헤매던 모카커피의 맛은 없다. 커피 맛이라기보다는 숭늉에 설탕을 탄 어정쩡한 맛이다. 다만 할아버지에게 내색할 수는 없었다. 커피값과 함께 커피 잔과 주전자도 구입하며 고맙다는 말을 전했다.

모카커피의 본고장 예멘에서도 제대로 된 모카커피는 맛볼 수 없었다. 모순이지만 현실이다. 예멘 사람들에게 커피는 카트와 밀크티에 밀려 한참 뒤쳐져있다. 예멘에서 커피의 인기가 떨어진 이유는 비싼 커피값 때문만은 아니다. 카트를 씹고 나서 찬물로 입안을 헹구고 밀크티를 마시면서 저녁 기도를 드리는 그들의 이슬람 문화가 주요 원인이다. 농민들도 너나없이 커피농사를 마다하고 카트를 심는다. 커피보다 몇 배

무하마드 할아버지가 내놓은 모카커피. 너무 오랜만에 만들어서
그런 것일까? 탐험대가 기대한 맛은 아니었다.

높은 수익을 낼 수 있기 때문이다. 이슬람이 이토록 카트에 열광하는 것
을 보고 기독교에서는 카트를 마약에 비유한다. 그 옛날 기독교 사회에
서 '이교도의 사악한 음료'라며 커피를 배척했음을 떠올리면 역사의 아
이러니다. 자정이 가까워오고 있다.

TURKEY 터키

터키에서 커피는 '카흐베Kahve', 커피 마시는 장소는 '카흐베하네' 라 했다. 인류 최
초의 커피점은 16세기 중엽 이스탄불에 생겼는데, 체스와 노래, 잡담이 오가는 사교
수준을 넘어 정치 토론의 장이 되기도 했다. 이스탄불에서 비로소 커피는 음료를 넘
어 문화로 발전한다. 당시 이스탄불은 오스만 제국의 수도로 세계 각국의 사람들이
몰려들었다. 이스탄불을 찾은 사람들은 카흐베하네에 매료되었고 고국으로 돌아가
커피와 문화를 전파했다.

🏮길이 끝나면 여행은 시작된다

화려한 커피 문화의 발생지

밤새 사나를 거쳐 이스탄불의 술탄 아흐멧Sultan Ahmet공원에 도착했다. 보스포루스Bosporus 해협이 한눈에 내려다보이는 꼭대기층 카페에서 터키식 커피를 곁들인 아침식사를 한다. 여기서 보는 바다는 가까이서 보는 바다보다 더 아름답다. 항구를 오가는 여객선과 하늘을 나는 비둘기, 바다를 두르고 있는 세월의 흔적들……. 4년 전 들렀던 이 카페는 의자만 조금 늘었을 뿐 그때 그 모습을 그대로 간직하고 있다. 그때 함께 왔던 이들이 그리웠다.

　에티오피아와 예멘에서 시작된 커피는 메카와 메디나에서 잠을 쫓는 약으로 명성을 날리면서 이슬람 제국 전체로 퍼져나간다. 커피는 이슬람교의 물결을 타고 이집트, 시리아를 거쳐 동서 문명의 중심지인 이스탄불에 와서 문화로 꽃을 피웠다. 카흐베하네Kahvehane라 불리는 터키의 커피점은 체스, 노래와 춤, 잡담이 오가는 사교적 · 상업적 장소를 넘어 정치 토론의 장으로도 이용되었다.

　4년 전 우리는 1554년 이스탄불에 최초의 커피점이 생겼다는 기록을 바탕으로 책과 지도를 번갈아 펼쳐가며 길을 나섰다. 450년 전 그 최초

커피탐험의 마지막 종착지인 이스탄불. 아프리카에서 시작된 여정에 종지부를 찍는 순간이었다.

의 커피점이야 없어진 지 오래겠지만 그 터만이라도 확인해보고 싶었다. 오직 그 마음으로 이스탄불 구석구석을 정신없이 돌아다녔지만 최초의 커피점은 흔적조차 찾을 수 없었다. 터키 사람들은 그런 우리를 이상하게 여겼다.

아침 식사를 마치고 전통 터키식 커피점을 찾아 나선다. 이스탄불 거리에 현대식 커피점은 넘쳐난다. 길거리 자체가 박물관인 터키는 외국인 관광객이 한해 3천 만 명 이상 찾아오지만 정작 터키식 커피를 맛보고 돌아가는 여행객은 얼마 되지 않는다. 오늘날 터키인은 커피를 터키식 커피와 네스카페Nescafe로 나누어 부른다. 이곳에서도 인스턴트커피가 대

그 옛날 카흐베하네에 매료되었던 외국인들은 고국으로 돌
아가 커피를 전파했다. 하지만 지금, 이곳을 찾는 관광객 중
과연 몇이나 터키식 커피를 맛보고 돌아갈까?

터키식 전통 커피. 오른쪽은 터키에서만
사용하는 전통 주전자 이브리크로 커피
가루와 물을 넣어 끓인다.

중적이다.

터키식 커피를 다 마신 후 점을 쳐 미래에 대해 얘기하는 포춘 텔링
Fortune Telling은 이미 세상 사람에게 널리 알려져있다. 하지만 커피가 이
슬람 종교의식에 쓰였던 성스러운 음료임을 이야기하는 이들은 없다. 터
키에서 커피는 더 이상 전통문화가 아닌 너무나 세속적인 산업이자 돈이
되어버렸다.

짙은 양탄자 조각이 깔린 테이블과 엉덩이 반 정도를 걸칠 만한 낮은
의자가 전부인 노천카페를 찾는다. 맞은편에는 선글라스로 머리카락을
멋지게 빗어 올린 중년신사가 혼자 커피를 마시고 있다. 한 손에는 신문
을 펼쳐들고 또 다른 손으로는 작은 커피 잔을 들었다 놓았다 하며 커피
를 마신다. 홀짝하면 다 없어질 양의 커피를 아껴가며 여러 번에 나눠 마
신다. 우리도 진한 터키식 전통 커피를 한잔씩 주문한다. 풍부한 향이 감

카페 '페네르 쾨스큐'. 4년 전, 인류 최초의 커피점은 못 찾았지
만, 이곳에서 터키식 전통 커피를 맛볼 수 있어 다행이었다.

도는 깊은 맛이다.

　언덕바지 내리막길을 따라 골든 혼Golden Horn으로 향한다. 고색창연
한 돌담 벽은 세월의 흐름을 고스란히 담고 있다. 보스포루스 해협으로
가는 유람선이 즐비한 에미노뉴Eminönü와 갈라타Galata 디리를 지난다.
반짝이는 수면 위로 보이는 도시의 모습에서 콘스탄티노플의 옛 영광이
어른거린다. 부둣가는 관광객과 주민들이 한데 뒤섞여 시끌벅적하다. 고
개를 돌려 언덕 위를 바라본다. 잘 포장된 도로 위로 일제 자동차들이 달

리고 있다. 4년 전과 다르다. 동서 문명의 박물관 이스탄불은 그대로이지만 도시의 삶은 빠르게 변하고 있다.

해변을 따라 이름 모를 궁전과 별장들이 자태를 뽐내고 있다. 산책을 즐기는 사람들이 보인다. 골든 혼 오솔길을 걷는다. 나무 그늘과 작은 분수대가 잘 어우러져있다. 화단과 해변을 따라 오솔길은 이어진다. 벤치에는 병약해 보이는 노신사가 홀로 늦은 점심을 샌드위치로 때우고 있다. 그와 눈이 마주치자 희미한 미소로 어색함을 대신했다.

덜컥 걱정이 앞선다. 4년 만에 찾아가는 카페 페네르 쾨스큐Fener Köskü가 없어지지는 않았을까. 어리고 키 작던 웨이터는 아직 있을까. 큰길 건너로 아담하면서도 투박한 건물이 보인다. 다행히 여전하다. 다듬어지지 않은 건물은 특별히 무엇을 하였다기보다는 그대로 두었다는 쪽에 가깝다. 빗물이 흘러내린 흔적이 외벽에 얼룩으로 남아 선명하다. 키 작은 웨이터는 볼 수 없었지만 벽과 천장의 빛바랜 황금색은 그대로다. 크지 않은 창문 사이로 환한 햇살이 비친다.

카페 페네르 쾨스큐가 언제 만들어졌는지 정확하게 알 수 없다. 전에 들렀을 때 나이 든 지배인은 1500년대 중반 이 지역에 처음으로 카페가 생기기 시작했으며, 이 카페는 1600년대에 지어 지금에 이르고 있다고 했다. 그리스 건축양식이라 하였으나 여러 차례 증·개축이 이루어져 뚜렷한 특징을 찾기 어렵다.

터키식 커피를 주문한다. 창문 너머 골든 혼은 또 다른 모습을 하고 있다. 조각배와 바다가 한데 어우러져 한 폭의 풍경화다. 우리 모두 마지막 목적지에 다다른 감격에 커피를 앞에 두고 아무 말이 없다. 모든 일정을 무사히 마칠 수 있어 다행이다. 터키 골든 혼에서 이 한 잔의 커피를 마시기 위해 먼 길을 돌아왔다. 유구한 커피의 역사 앞에 우리 여정은 한 뼘 흔적도 남기질 못하겠지만, 그래도 칼디를 찾아 출발했던 커피탐험대의 순수한 열정이 이곳 터키에서 마침표를 찍어 자랑스럽다. 함께한다는 사실 하나만으로도 서로에게 큰 힘이 되어주었던 모두에게 감사하다.

아름다운 바닷가 골든 혼을 가슴에 담아둔 채 발길을 돌린다. 이스탄불에 도착해서 하룻밤도 지내지 못하고 저녁에 떠나야만 한다. 오솔길은 4년 전 그대로다. 이 길을 또 걸을 수 있을까? 여행의 끝은 언제나 아쉽다. 하지만 그 아쉬움의 힘으로 또 새로운 여행을 떠나는 게 아닐까. 길은 끝이 났고, 여행은 다시 시작되었다.

사막과 홍해를 건너
에티오피아에서 터키까지

커피 기행

지은이 박종만

2007년 11월 14일 1판 1쇄 발행
2011년 12월 30일 1판 7쇄 발행

펴낸곳 효형출판
펴낸이 송영만

디자인 자문 최웅림

등록 제 406-2003-031호 | 1994년 9월 16일
주소 경기도 파주시 교하읍 문발리 파주출판도시 532-2
전화 031·955·7600
팩스 031·955·7610
웹사이트 www.hyohyung.co.kr
이메일 info@hyohyung.co.kr

ISBN 978-89-5872-052-2 03810

값 13,000원